Beate Dölling

TOTAL ABSTURZ

CARLSEN CLIPS

Außerdem in der Reihe Carlsen Clips lieferbar:

Auf dich abgesehen
Egal, was morgen ist
Likes sind dein Leben

MIX Papier aus verantwortungsvollen Quellen FSC® C014496

Originalausgabe
Veröffentlicht im Carlsen Verlag
Februar 2015

Lektorat: Gesa Kunter
Umschlagabbildung: photocase.com © cydonna
Umschlaggestaltung: formlabor
Corporate Design Taschenbuch: bell étage
Gesetzt aus der Garamond Three LT
Druck und Bindung: GGP Media GmbH, Pößneck
ISBN 978-3-551-31355-3
Printed in Germany

HIMBEERBOWLE

„Geht's jetzt besser?" Michelles Stimme kommt aus der Ferne. Sie traut sich wohl mit den neuen Schuhen nicht ins Rosenbeet. Die strassbesetzten Riemchen ihrer Peeptoes glitzern durch die Dornen. Lotte kann nicht antworten, muss immerzu spucken. Obwohl es gar nichts zu spucken gibt. Vorhin ist alles aus ihr herausgeschossen, komplett, dabei hat sie einen Bauchklatscher ins Beet gemacht. Ihre Kotze ist in den Boden gesickert. Die Abendsonne hat geschienen, ein milder Wind geweht, der Himmel so blau – nur sie hat kopfüber in den Rosen gelegen.

Michelle tritt nun vorsichtig an sie heran, stakst durch die Erde, reicht ihr ein Taschentuch. Jetzt setzt der Brechreiz schon wieder ein, allein von einer Windböe, die in ihre Richtung durch die Blüten streift. Hoffentlich hat keiner von ihrem Absturz ein Video gemacht!

Stimmen, Gelächter, Musik. Würde sich doch

nur die Erde vor ihr auftun und sie in einem Loch verschwinden. Wäre sie doch nur zu Hause geblieben! Dabei hat sie sich so gefreut auch mal zu einer von Jasmins legendären Hauspartys eingeladen worden zu sein.

Sie hört Jakobs Stimme. Er ist Michelles frischer Ex. „Was macht ihr denn da in den Rosen?“

„Lotte ist übel.“

„Von den Rosen?“

„Nee, von deinen schlechten Witzen.“

Michelle und Jakob helfen ihr beim Aufstehen, stützen sie, schleifen sie raus aus dem Beet, rein ins Haus. Ihre Beine sind aus Wackelpudding. Lotte will sterben, auf der Stelle – und bloß nicht mehr in all die Gesichter sehen, die sie anstarren. Wie konnte das nur passieren? Okay, sie hat ein paar Gläser Bowle getrunken, mit diesem Typen aus Großburgwedel geredet, nach Kasper Ausschau gehalten. Und irgendwer hat ihr immer wieder das Glas aufgefüllt und besonders viele Himbeeren reingetan. Die waren einfach köstlich gewesen.

„Die schwimmen seit vorgestern in Rum“, hat jemand gesagt.

Und plötzlich wollten alle welche haben. Da hat sie eh schon genug gehabt, da fingen die Himbeeren bereits an ihr in die Beine zu rutschen und die Muskeln in Götterspeise zu verwandeln.

Lotte konzentriert sich auf jeden Schritt, versucht keinem eine Last zu sein, geht so unauffällig wie möglich durch den Hausflur, wo ihr zum Glück nur ein paar Mädchen entgegenkommen. Die Treppe schwankt, sie hält sich am Geländer fest. Sie muss sich unbedingt den Mund ausspülen. Also ab ins Bad. Da steht sie nun am Waschbecken. Mit Gallegeschmack im Mund, laufendem Wasserhahn und einem schneeweißen Gesicht im Spiegel. Das muss wohl ihr gehören. Ist ja sonst keiner da.

„Na, schon besser?“ Michelle stöckelt ins Bad. Sie setzt sich auf den Klodeckel und schlägt die Beine übereinander, zupft Grashalme von dem mörderischen Absatz ihrer High Heels. Dabei gibt sie Lotte einen kleinen Überblick über die letzte halbe Stunde: „Ich hab mich schon gewundert, wo du steckst, da hat Jasmin gesagt, du wärst mit ihrem Cousin am Flirten.“

„Flirten? Mit welchem Cousin?" Jedes Wort kratzte im Hals.

„Der mit der roten Motorradjacke. Aus Großburgwedel. Ist ein Cousin von Jasmin. Pascal."

Pascal ... Pascal ... Tatsächlich, den Namen hat sie schon mal gehört.

„Der zeltet heute mit seinen Kumpels auf der Wiese, hinterm Garten. Deshalb wollen die sich die Kante geben. Echt, Lotte, wieso hast du dir auch so früh diese blöde Bowle reingezogen? Ich dachte, du kommst mit nach oben, in Jasmins Zimmer. Wir haben uns da fertig gemacht und vorgeglüht. Sabrina und Joy hatten Sekt dabei."

„Hör bitte auf", krächzt Lotte mit wundem Hals und wirft sich einen Schwall kaltes Wasser ins Gesicht. Sie sieht die Motorradtypen vor sich. Klar, erinnert sie sich an diesen Pascal. Der war ganz putzig, hat die ganze Zeit von irgendeiner Susi geredet. Hat eine Weile gedauert, bis Lotte geschnallt hat, dass er seine Maschine so nennt. Er fährt eine Suzuki. Eigentlich hat sie nach Kasper Ausschau gehalten. Kasper aus der 10b. Aber Kasper ist nicht da gewesen. Und andauernd hat ihr jemand ein neues Glas Bowle in die Hand gedrückt und Pascal hat ihr

Zigaretten angeboten. Sie hat dagestanden und geraucht. Die Bowle ist rot gewesen und der Garten grün, mit Hollywoodschaukel und sauber eingerahmten Blumenbeeten. Michelle ist mit ihren Peeptoes über die Terrasse gestakst und hat ihr zugewunken. Dass Michelle sie dazu bringen wollte, mit nach oben zu kommen, hat sie echt nicht geschnallt.

Dann hat plötzlich die Abendsonne geblendet, Mückenschwärme haben vor ihren Augen getanzt und blutrünstig gesurrt. Lotte hat sich setzen wollen, aber ihr ist es vorgekommen, als würde der Boden unter ihren Füßen nachgeben. Nur gut, dass sie ihre Sneakers anhatte, sonst wäre sie gar nicht so weit gekommen. Raus aus dem Garten, um die Ecke des Hauses, in den Vorgarten. Da hat das Taumeln und das Schlingern im Magen angefangen und für sie ist die Sonne untergegangen, im Rosenbeet.

In ihren Haaren hängen Reste von der Quiche, die Mama heute zum Mittagessen mitgebracht hatte. Quiche mit Spinat und Schafskäse. Sie bittet Michelle, ihr die Shampooflasche vom Badewannenrand rüberzureichen. Kaltes Wasser auf der Kopfhaut lässt sie nach Luft schnappen.

Sie schaut zu, wie die grünen Reste zusammen mit schaumigem Wasser durch den Abfluss gluckern. Hätte sie doch diese blöde Bowle nicht getrunken. Warum kann sie auch nicht einmal Nein sagen!

Nach dem Haarewaschen geht es ihr einen Tick besser, jedenfalls kann sie sich wieder auf den Beinen halten. Sie schlingt ein Handtuch um den Kopf.

Michelle sucht nach einem Föhn, findet keinen. Auch egal.

„Guck mal", sagt sie und zeigt aus dem Fenster nach draußen. „Kasper."

„Wo?"

Es dauert ein Weilchen, bis sie ihn zwischen all den Leuten ausmacht. Er trägt eine gut sitzende Jeans, schwarzes Hemd, ausgetretene Sneakers.

„Ach du Scheiße. Hat Kasper mich etwa gesehen – im Rosenbeet?"

„Ich glaub, der ist gerade erst gekommen."

Lotte seufzt. Vielleicht ist der Abend ja doch noch nicht ganz verdorben.

Michelle lehnt sich weiter aus dem Fenster. „Hey, da ist Pomp. Wow, echt sexy in diesem weißen, engen Shirt."

„Pomp?“, sagt Lotte und wischt sich mit dem Handtuchzipfel Wasser aus dem Nacken. Jetzt weiß sie's wieder: Pomp ist immerhin noch Jasmins Freund. Auch wenn sie schon überall herumerzählt hat, dass sie heute endgültig mit ihm Schluss macht. Seit wann ist Michelle denn so scharf auf ihn? Hat Lotte da wieder mal was verpasst?

Lotte wagt einen Blick aus dem Fenster. Es ist schon fast dunkel. Die ersten Gartenfackeln werden angezündet. In so einem Licht würde Kasper ihr bleiches Gesicht bestimmt nicht bemerken – und die Kratzer von den Rosendornen. Einer geht quer über die linke Wange, ansonsten hat es nur ihre Unterarme erwischt.

„Und wie süß er den Kopf beim Lachen hält!“, schwärmt Michelle.

„Wer?“

„Na, Pomp!“

Lotte beobachtet Kasper von oben. Er ist allein gekommen. Ohne Freundin. Sie hat ihn noch nie mit einem Mädel gesehen. Vielleicht ist er zu schüchtern. Obwohl, in der Schule hat er einen Umwelt-Projekttag organisiert und in der Aula einen Vortrag über den Klimawandel gehalten. Da war er überhaupt nicht schüchtern gewesen und Lotte war schwer beeindruckt, wie locker er über das Thema reden konnte. Lotte hat nichts, wofür sie sich begeistert. Okay, sie hatte geholfen den Garten anzulegen, was zu Anfang schon ganz cool war, aber mit Mama schnell nervig wurde. Andauernd sollte sie Unkraut zupfen. Mama meckerte an ihr herum, weil sie angeblich immer so schnell das Interesse verliert.

„Genau wie mit deinen anderen Hobbys!“, hat Mama ihr vorgeworfen. Tja, Lotte spielte nun mal nicht mit Leidenschaft Volleyball oder Tischtennis. Sie hatte als Kind nicht mal Lust zum Reiten gehabt. Eigentlich fand sie das Wort „Hobby“ immer schon furchtbar. Hobbys waren Zeitverschwendung. Leider wusste sie auch nicht, wie sie ihre Zeit besser nutzen konnte – oder mit wem. Michelle wollte in letzter Zeit nur noch shoppen gehen und sich über Haarfarben unterhalten. Die würde sich allerhöchstens für durchgehende Ladenöffnungszeiten einsetzen, weil sie es cool fände, sich um Mitternacht Mascara kaufen zu können.

Kasper hingegen hatte sich letztens im Bus

neben sie gesetzt und sie hatten sich über Fukushima unterhalten. Dass dort selbst zwei Jahre nach dem Reaktorunfall täglich noch dreihundert Liter radioaktiv verseuchtes Wasser auslaufen sind.

„Dreihundert Liter, das muss man sich mal vorstellen, täglich!“, hatte Kasper gesagt.

Lotte hatte es sich nicht vorstellen können. Weder die Menge an sich noch dass so eine Reaktor-Katastrophe überhaupt passieren konnte. Mit Michelle wäre so ein Gespräch bestimmt nicht möglich gewesen.

Über so etwas kann sie eigentlich sonst nur mit Eva reden, ihrer großen Schwester. Aber Eva wohnt ja nicht mehr zu Hause. Seit einem halben Jahr studiert sie jetzt schon in Marburg Biologie.

„Ist das okay, wenn ich wieder runtergehe?“, fragt Michelle.

„Ja, geh nur“, sagt Lotte.

„Und du?“

„Riech ich noch nach Kotze?“

Michelle schnuppert an ihr herum. „Nee, nach Pfirsichshampoo.“

Michelle streicht ihr über den Rücken wie eine Großmutter. „Leg dich doch in Jasmins

Zimmer und penn ein bisschen, dann bist du in einer Stunde wieder fit."

„Ja, mach das", sagt Jasmin, die gerade mit Joy ins Bad stöckelt, einer Hellblonden, die Lotte nur vom Sehen her kennt. Sie hat Smokey Eyes und ihr Gesicht und Dekolleté glitzern wie eine Asphaltstraße bei Nacht.

„Brauchst du eine Aspirin?", fragt Jasmin. Aus ihrer Hochsteckfrisur fallen kunstvoll gekringelte Strähnchen. Neben den linken Mundwinkel hat sie sich einen Leberfleck gemalt.

„Aspirin ist scheiße nach dem Kotzen", sagt das Glitzermädchen. „Nimm besser Paracetamol. Das geht nicht so auf den Magen."

Lotte nimmt gar nichts. Nur Wasser. Mit dem Finger putzt sie sich die Zähne, geht in Jasmins Zimmer und legt sich aufs Bett. Unter ihr wummern Bässe. Von draußen Grölen und Gelächter. Die Party scheint in vollem Gang zu sein.

TEQUILA

Als sie aufwacht, ist es stockdunkel, von unten dröhnt Musik. Sie braucht ein bisschen, bis sie weiß, wo sie ist. Sie muss wohl eingenickt sein. Übel ist ihr nicht mehr, nur ein bisschen schlapp fühlt sie sich. Lotte richtet sich auf und schaut aus dem Fenster. Der Garten ist rappelvoll. Grüppchen stehen herum. Jeder hat ein Getränk in der Hand. Kasper kann sie nicht sehen, nur Pascal. Er quatscht mit einem Typen, den sie nicht kennt, wahrscheinlich über seine Susi.

Plötzlich stürzen Michelle und Jasmin ins Zimmer, kichern, sehen verknutscht aus, drängeln sich vor dem silbern umrahmten Spiegel. Sie zupfen an ihren Haaren herum.

„Hey, Lotte. Wieder fit?“ Michelle dreht sich nach ihr um. „Stell dir vor. Ich bin jetzt mit Pomp zusammen und Jasmin mit Jakob!“ Sie reißt die Arme in die Luft, als hätte sie gerade bei einer Tombola den Hauptpreis gewonnen.

Lotte steht auf. „Habt ihr zufällig Kasper gesehen?“, fragt sie.

Michelle zögert, dreht sich wieder zum Spiegel und frischt ihre Mascara auf.

„Den hat sich Karen-Susan gekrallt“, platzt Jasmin heraus.

Lotte guckt auf den Boden. Die Haare sind nicht mehr nass, nur noch feucht. Ihr Magen knurrt, er ist total leer. Sie hat Heißhunger auf trockenes Brot. Jasmin sagt, dass Karen-Susan und Kasper ein schönes Paar abgeben, schon allein äußerlich. Er groß und schwarzhaarig, sie groß und brünett, mit aufgehellten Strähnchen.

Lotte presst die Lippen aufeinander, bis es wehtut. Jasmin scheint nicht zu ahnen, was Sache ist. Jetzt schaut sie zu ihr herüber, eine Mischung aus Mitleid und Vorwurf. Die ganze Bandbreite von „Du Arme“ bis „Warum fängst du auch schon so früh an zu saufen!“. Wenigstens hört sie auf, von dem neuen Traumpaar Kasper und Karen-Susan zu schwärmen. Sie kommt auf sich und Jakob zu sprechen. Michelle klinkt sich mit ihrer Schwärmerei über Pomp ein, der eigentlich schlicht und ergriffen Paul Pommeyer heißt.

Das ist Lotte jetzt echt zu viel. Sie steht auf.

„Willst du ein bisschen Conceiler für deinen Kratzer?“ Michelle hält ihr den Abdeckstift hin. Lotte will eigentlich nur etwas essen und sonst gar nichts. Runter zum Büffet, sich etwas Brot schnappen und dann weg. Nach Hause, ab ins Bett. Decke über den Kopf und vergessen, was war. Zum Glück gehört sie eh nicht zu Jasmins Clique. Eigentlich gehört sie zu keiner Clique.

Als sie an den Spiegel tritt, nimmt sie doch Conceiler und Rouge und ein bisschen Kajal. Kämmt die noch feuchten Locken mit den Fingern durch. Auf der Treppe hält sie sich mit einer Hand am Geländer fest.

Im Wohnzimmer am Büffet ist keiner. Sie schnappt sich ein Stück Baguette, stopft es in den Mund. Sie kaut mühsam. Immerhin behält sie es bei sich. Ein Stück Käse schadet bestimmt auch nicht. Hat nicht mal jemand gesagt, man soll immer das essen, worauf man Hunger hat? Sie sucht nach Wasser. Auf dem Wohnzimmertisch stehen Packungen mit Kartoffelsalat, Eiersalat und Krautsalat, alles unberührt, alles noch zu. Gut. Das könnte sie jetzt auch nicht riechen. Dafür sind die Chipstüten leer, Salzstangen liegen wie kleine

Stöckchen nach einem heftigen Herbststurm über den ganzen Tisch verteilt. Bis jetzt wurde eindeutig mehr flüssige Nahrung verzehrt. Am Boden lauter leere Bierflaschen. Wo ist denn nur das Wasser?

Den Typen auf dem Sofa kennt sie doch. Er liegt auf dem Bauch, mit herunterbaumelndem Arm. Poldi, neben dem hat sie mal in der Grundschule gesessen. Den hat's also auch erwischt. Lotte geht in die Küche. Auf der Suche nach Trinkwasser kommen ihr alle möglichen Leute entgegen. Die Bowle sei alle, der Wodka auch. Aber eine Kiste Bier soll noch in der Garage stehen. Lottes erster Impuls ist, so schnell wie möglich den Abgang zu machen. Auf blöde Sprüche kann sie jetzt echt verzichten. Aber dann kommen keine blöden Sprüche. Alle sind breit und lustig. Gackern, grölen, wanken, prosten ihr zu. Lotte scheint die Einzige zu sein, die nicht weitertrinken will. Allein bei dem Gedanken wird ihr wieder übel. Und dann kommt Sabrina. Alle rufen: Sabrina! Sabrina!, weil Sabrina eine volle Flasche Tequila gefunden hat. Zitronen gibt's zwar keine, aber es geht auch ohne. Lotte weiß nicht, wohin. Sie kommt sich vor, als stünde sie überall im Weg.

Ob Kasper jetzt wirklich mit Karen-Susan zusammen ist?

Im Wohnzimmer wird der Teppich weggerollt. Flaschen scheppern, klirren, Gläser gehen kaputt. Die Scherben werden unters Sofa gekehrt, jemand hält Poldis Arm hoch und lässt ihn dann wieder baumeln. Und dann volle Pulle Pitbull.

Lotte geht nach draußen. Frisch ist die Luft. Die Sterne funkeln. Kasper und Karen-Susan sitzen in der Hollywoodschaukel und knutschen. Karen-Susan hat sie noch nie leiden können. Quatscht jedem nach der Schnauze und tut hyperintelligent. Tussi! Ein Typ wankt an ihr vorbei, bleibt stehen, wippt auf den Zehen vor und zurück und pinkelt in die Hortensien.

Ihre Sachen sind noch in Jasmins Zimmer. Lotte geht die Treppe hoch. Jakob und Jasmin liegen auf dem Bett und schmusen.

„Wollte nur schnell meine Tasche holen“, sagt sie und zieht ihre Tasche vom Sessel. Das glückliche Liebespaar stört das nicht. Jasmin guckt Jakob tief in die Augen; er streichelt ihr mit den Fingerspitzen über den Hals. Gegenüber steht die Tür vom Elternschlafzimmer offen.

Dort liegen Michelle und Pomp. Unter der Decke! Lotte sagt nicht mal Tschüss. Sie rennt, so schnell sie kann, die Treppen runter.

FLÜSSIGES BROT

Lotte hockt in ihrem Zimmer auf dem Bett und hört Musik. Ihre Eltern sind nicht da und Evas Zimmer steht leer. An Tagen wie heute, wo sie nichts mit sich anzufangen weiß, vermisst sie ihre Schwester besonders. Wenn Eva da wäre, würde sie jetzt in ihr Zimmer gehen, sich in den großen, englischen Ohrensessel hauen, die Füße über die Armlehne schwingen und die Beine baumeln lassen. Eva auf ihrem Drehstuhl würde sich irgendwann umdrehen und fragen, was los sei. Oder Lotte würde einfach selbst anfangen zu quatschen.

Mit ihren Eltern kann Lotte nicht reden. Mit Papa eher, aber nicht mit Mama, die plappert eh nur nach, was Papa sagt. Papa trifft die Entscheidungen und Mama hält sich dran. Die letzte Gemeinsamkeit, die Lotte mit ihrer Mutter hatte, war das Gärtnern. Doch das ist ja vorbei.

Von Jasmins Home wurde noch wochenlang geschwärmt, auch von denen, die gar nicht da gewesen waren. Bald steht schon die nächste Party an, denn ihre Eltern fahren für ein Wochenende in den Spreewald. Sie sind andauernd irgendwo, deshalb hat Jasmin so oft sturmfreie Bude. Solange sich die Nachbarn nicht beschweren und sie hinterher alles wieder sauber macht, haben die Eltern nichts dagegen. Lottes Eltern hingegen würden ihr was erzählen.

Kasper und Karen-Susan sind keine Woche zusammen gewesen, dann hätte Karen Schluss gemacht. Das hat Michelle ihr erzählt. Aber Kasper interessiert sie jetzt sowieso nicht mehr. Nicht, wenn der sich von einer wie Karen-Susan abschleppen lässt. Sie sollen sogar noch an dem Abend zusammen geschlafen haben. Ob im Gästebad oder im Geräteschuppen, ist man sich nicht so sicher. Es kursieren die verschiedensten Versionen. Lotte versucht die Gedanken wegzuschieben. Abhaken, ich muss Kasper abhaken, denkt sie. Man muss ja nicht gleich schwach werden, nur weil er sich im Bus einmal neben sie gesetzt und mit ihr geredet hat. Okay, er sieht auch ganz gut aus und ist nicht sooo doof wie die anderen Jungs in der Schule. Aber muss ja keiner gleich denken, sie hätte sich Hoffnungen gemacht.

„Die Typen kannste doch alle vergessen", hat Lotte zu Michelle in der Schule gesagt. Aber Michelle ist gerade nicht empfänglich für Typenkritik. Sie schwebt mit Pomp im siebten Himmel. Sie sagen nur noch „Schatz" zueinander. – „Schatz, guckst du mal eben, wann der nächste Bus fährt?" „Schatz, möchtest du auch ein Eis?" Man könnte meinen, sie seien seit Jahrzehnten verheiratet. Dabei ist die Party kaum drei Wochen her. Aber jetzt in den Sommerferien herrscht praktisch Funkstille zwischen Michelle und Lotte. Die gesamte Freizeit ist für Pomp geblockt. Und abends hängt Michelle dauernd mit Jasmin rum. Schließlich war die vorher mit Pomp zusammen und weiß Rat bei Haltung und Pflege.

Lotte rollt sich vom Bett, dreht die Anlage lauter, hockt sich aufs Fensterbrett und zündet sich eine Zigarette an. Wenn sie von Mama erwischt wird, kostet das 50 Euro. Aus-dem-Fenster-Rauchen ist strikt verboten in diesem Haushalt, obwohl Mama auch pafft, aber nicht aus dem Fenster, nur unten, auf der Terrasse.

Sie schaut nach draußen und inhaliert tief. Zum Glück kommt Mama erst heute Abend nach Hause. Sie arbeitet in Babsi's Modestübchen, wo es Mode für Mollige gibt und auf den Tischchen Schälchen mit Gummibärchen, um sich in die XL-Klamotten reinzufuttern.

Mama ist nicht mollig, sondern vollschlank. Ihre Kundinnen wollen auch vollschlank werden. Wenn Lotte im Laden ist, kreischen sie auf, weil sie viel zu dünn sei. Lotte fühlt sich nicht zu dünn, findet sich eher normal. In ihrer Klasse gibt es Mädchen, die richtig dünn sind. Mädchen, die auf jeden Happen, den sie essen, achten und niemals Bier trinken würden, weil es ja dicker machen könnte. Bier ist „flüssiges Brot", das hat Opa immer gesagt. Außerdem ist denen Bier viel zu bitter. Wenn sie was trinken, dann nur Sachen, die pappsüß sind – als ob das besser wäre!

Nachdem sie die Zigarette an der Kante vom Fensterbrett ausgedrückt hat, wickelt sie sie in Klopapier und spült sie die Toilette hinunter. Wird das Grundwasser eben mit ein bisschen Nikotin angereichert. Who cares? Solange sie kein Plutonium ins Klo schmeißt …

Das Gefühl, nichts mit sich anfangen zu können, macht sie wütend. Sie würde ja gern mal was Sinnvolles machen. Aber was soll man hier in diesem Kaff schon großartig machen? Wenn sie doch nur irgendwo sein könnte, wo etwas passiert. Das echte Leben eben. Aber wo soll das sein? In Cloppenburg auf jeden Fall nicht, auch nicht in Oldenburg oder Großburgwedel. Am besten, man geht ganz weit weg, nach Kanada zum Beispiel. Da könnte man sich einen coolen Job suchen, mit dem man eigenes Geld verdient, und einfach sein Ding machen kann. Alles, was sie bislang von Kanada gehört und gegoogelt hatte, hörte sich toll an: atemberaubende Natur, freundliche Leute und Vancouver soll eine richtig coole Stadt sein. Das schreiben alle in ihren Bewertungen. Aber wie kommt man von Cloppenburg nach Kanada?

DREI DOSEN BIER

„Ey!", ruft der Typ hinter ihr her. „Kannst doch nicht einfach Geld in meinen Kaffee werfen!"

Lotte schießt die Röte ins Gesicht. Der Typ hockt da auf dem Bürgersteig vor Edeka und guckt sie an. Schwarze, zerrissene Lederjacke, mit weißer Farbe bekritzelt. Rote, abstehende Stoppelhaare, zerschnittene Jeans, Schnürstiefel. Vor sich ein Pappbecher. Jetzt sieht sie es auch: Es ist tatsächlich Kaffee drin. Ach du meine Güte!

„Das ist unhygienisch", sagt er und versucht mit den Fingern die Münze aus dem Becher zu fischen. Es gelingt nicht so leicht.

„Jetzt krieg ich bestimmt Malaria."

„Malaria?"

„Mindestens!" Der Typ lutscht die Münze ab, grinst. Er hat einen schwarzen Fleshtunnel im linken Ohr. Wie ein alter Goldgräber beißt auf die Münze, um zu prüfen, ob sie echt ist.

„Und?“, fragt Lotte.

Der Typ nickt nur, kneift ein Auge zusammen und mustert sie. Ihre Röte müsste sich inzwischen verflüchtigt haben.

„Du bist ja drauf“, sagt Lotte und lacht.

Zwei mittelalterliche Frauen kommen aus dem Laden und schieben die Einkaufswagen ineinander. Lotte sieht, wie der Typ genau beobachtet, was sie mit den Einkaufseuros machen. Sie stecken sie ordentlich ins Portemonnaie.

„Die haben Chips“, sagt Lotte. „Die tragen kein Bargeld bei sich. Haben Angst, dass sie sonst überfallen werden.“

Der Typ lacht laut, über ihren Scherz! Sie wundert sich selber, wie locker sie manchmal sein kann. Er guckt sie an, mit knallgrünen Augen. Das müssen Kontaktlinsen sein. So grüne Augen gibt es doch gar nicht. „Was machst 'n hier, wenn du nicht schnorrst?“

„Kaffee trinken.“ Er hält die Münze hoch. „Willste auch? Ich spendier dir einen von deinen 50 Cent.“ Er steht auf, klopft sich den Hosenboden ab, ist einen Kopf größer als sie. Dünn, schlaksig. Sie gehen zusammen in den Backshop. Seine Lederjacke knarzt beim Gehen.

Alle gucken sie an. Hier sieht man nicht so oft Punks. Ab und zu sitzen welche mit Hunden vor Aldi und betteln.

Im Backshop riecht es nach frischem Bienenstich. Der Milchkaffee kostet 90 Cent. Lotte will dem Rotschopf neben ihr schon aushelfen, aber er sagt: „Nee, lass mal“, und kramt in seiner Jeanstasche. Er holt eine Handvoll Münzen heraus, zählt 90 Cent ab und legt sie auf den Tresen. Seine Hände sind ganz schmal und er hat saubere Fingernägel.

„Ich hol mal schnell ’n paar Bier“, sagt er. Schon ist er im Laden verschwunden. Sie wartet. Ihr Kaffee dampft. Eine Oma hinter ihr kauft sieben Brötchen.

Sie sieht, wie der Rothaarige an der Kasse steht und Cents abzählt. Die Kassiererin ist geduldig. Grinsend kommt er mit drei Dosen Bier zurück. Zwei Dosen stecken in den Taschen seiner Lederjacke, die dritte zischt er noch an der Kasse auf und trinkt im Gehen.

„Willste auch eine?“ Er hält ihr eine Dose unter die Nase. Sie schüttelt den Kopf, zeigt auf ihren Kaffee.

Sie gehen raus, an den Einkaufswagen vorbei. Er hat große Füße und macht große Schritte. Sie geht neben ihm her, als würden sie sich schon ewig kennen. Er guckt sie von der Seite an, mit diesen stechend grünen Augen. „Denkst du wirklich, ich schnorre?“

„Na ja. Sah so aus. Warum sitzt man sonst vorm Supermarkt?“

„Nur so.“

„Nur so?“

„Ja.“

„Das ist ja sehr beliebig.“

„Muss denn immer alles durchgeplant sein?“

„Wegen mir nicht.“

„Wegen mir auch nicht.“

Sie gehen schräg über den Parkplatz. Auf der anderen Seite der Straße ist eine kleine Grünanlage mit Parkbänken. Darauf steuern sie zu. Sie muss aufpassen, dass ihr der Kaffee nicht überschwappt. Eigentlich wollte sie nur einen Klebestift kaufen und schnell wieder nach Hause.

Der Typ hat unglaublich gerade, weiße Zähne. Er steigt auf eine Bank, hockt sich auf die Lehne. Die schwarzen, ausgelatschten Schnürstiefel parkt er auf der Sitzfläche. Lotte setzt sich auch auf die Lehne, lässt aber einen großen Abstand zwischen ihnen. Er zeigt auf ihre Füße, sagt, er finde ihre Sneakers geil. Es sind die alten, an denen der Stoff eingerissen und die Gummisohle an der Seite gebrochen ist. Gut, dass sie die noch mal retten konnte! Mama wollte sie schon zweimal wegschmeißen, sagt, sie könne so ein „Schuhwerk“ nicht mit ansehen. Nach ewigem Hin und Her haben sie dann einen Kompromiss gefunden: Lotte muss sie nicht wegwerfen, darf sie aber nicht mehr im Haus anziehen. Seitdem bewahrt sie sie in der Garage auf, hinter dem Altpapier.

„Trinkst du öfter hier deinen Kaffee?“

„Nee, nie.“ Er spuckt neben die Bank.

Irgendwie hat der Typ was. Aber Lotte weiß nicht, was. Jetzt gibt er zu, dass er vorhin doch geschnorrt hat und zwischendurch einen Kaffee getrunken. Genau in dem Moment sei sie gekommen.

„Aber ich hab's echt nicht nötig.“

„Was?“

„Schnorren.“

„Warum machst du's dann?“

„Warum denn nicht?“ Er kneift ein Auge zusammen, grinst.

„Dass du schon so früh Bier trinken kannst“, sagt Lotte und schüttelt sich.

„Reine Übungssache. Außerdem: Bier am Morgen vertreibt Kummer und Sorgen“, sagt er und lacht extra dreckig. „Ey, wie heißt du überhaupt?“

„Lotte. Und du?“

„Squirrel.“

„Squirrel, wie das englische Eichhörnchen?“

„Mann ey, du bist ja richtig gut. Die meisten wissen nicht, was Squirrel heißt.“ Er nimmt noch einen großen Schluck und wuschelt sich durch die Haare. „Rate mal, warum.“

„Ist die Haarfarbe echt?“

„So echt wie die 50 Cent, die du mir in den Kaffee geworfen hast.“

Lotte entdeckt, dass er auch unzählige Sommersprossen hat … Sie muss sich beherrschen, dass sie ihn nicht so anstarrt.

„Aber deine Augen sind nicht echt.“

„Die Augen schon, aber die Farbe nicht.“

Aha, doch Kontaktlinsen. Hat sie also Recht gehabt. „Was ist denn deine richtige Augenfarbe?“

„Grün.“

„Wieso trägst du grüne Kontaktlinsen, wenn du schon grüne Augen hast?“

„Warum nicht?“

Squirrel zieht einen Tabakbeutel aus seiner Lederjacke und dreht sich eine. „Willst du auch?"

Sie nimmt den Beutel entgegen, krümelt ziemlich rum. Er fragt, ob er ihr eine drehen soll.

„Nee, lass mal." Sie kriegt eine dünne, krumme Zigarette hin. Er gibt ihr Feuer. Sie sitzen nebeneinander und quarzen. Eine Oma mit weißer Dauerwelle und weißem Pudel geht vorbei und guckt sie grimmig an.

Lotte wirft den Zigarettenstummel auf den Boden, steht auf und tritt ihn aus. Beinahe hätte sie ihn aufgehoben und in den Mülleimer da vorn getan, aber dann hätte Squirrel sie bestimmt ausgelacht. Eigentlich muss sie langsam nach Hause, obwohl sie noch stundenlang hier mit ihm sitzen könnte. Er ist echt anders als alle Typen, die sie so kennt. Ein Punk eben, aber auch nicht so abgefuckt wie die Punks vor Aldi.

„Muss mal los", sagt Lotte und geht, dreht sich noch mal um. „Und danke für den Kaffee."

„Biste bei Facebook?", ruft er ihr hinterher.

„Ja. Unter Lotte Lea. Und du?"

„Ich nicht. Aber ich hab 'ne Homepage, www.squirrelathome.de. Da kannste gucken, was ich sonst noch so mache."

Auf dem Nachhauseweg geht ihr der Typ nicht aus dem Sinn. Squirrel – Squirrel – hüpft ihr das Wort wie ein Eichhörnchen durch den Kopf. Sie sieht die roten, struppigen Haare, die knallgrünen Augen, hört noch den Spott in seiner Stimme. Was der wohl für Probleme hat, dass er sie am Morgen mit Bier wegspülen muss – obwohl, es ist ja schon nachmittags. Bestimmt war das eh nur ein Spruch. Das scheint er ja draufzuhaben, Sprüche. Eine eigene Homepage, aber am Schnorren? Heruntergekommen wirkte er nicht, eher gewollt abgerissen. Bislang ist sie solchen Typen immer aus dem Weg gegangen. Warum eigentlich?

BACARDI

Als sie wieder zu Hause ist, schnurrt ihr Handy. Michelle hat ihr eine Nachricht geschrieben: Kommste heute Abend vorbei? Wir grillen bei Michelle im Garten.

Heute Abend, heute Abend? Eigentlich hat sie nichts vor, das ist ja das Schlimme. Aber Grillen im Garten findet sie öde. Außerdem isst sie kein Fleisch. Aber sie kann nicht schon wieder zu Hause rumhängen, bei Facebook versumpfen oder sich Filme reinziehen. Dann schon lieber Grillabend mit zwei frisch verliebten Pärchen.

Wer kommt denn noch?, schreibt sie zurück.

Pascal.

Wer war gleich noch mal Pascal? Ach ja, der Cousin aus Großburgwedel.

Oh nee!!!, schreibt sie.

Der ist doch ganz cool. Keine Angst, Himbeerbowle gibt's heut nicht. :p

Haha!
Los. Komm mit!
Na gut. Wann?
7. Kannst aber auch schon um 6 kommen.
Soll ich was mitbringen?
Nur was zu trinken.

Fühlt sich gut an, dass Michelle sie mal wieder zu einem Treffen überredet. *Vielleicht kommt Kasper auch noch vorbei,* kleckert noch eine Nachricht nach, mit einem fetten Smiley.

Nicht dass sie das noch interessieren würde. Kasper ist ihr scheißegal!

Was zieht sie nur an? Sie steht vorm Spiegel und würde sich am liebsten die Haare abschneiden, an den Seiten ganz kurz und auf dem Kopf ein bisschen länger, so dass sie oben abstehen. Und färben. Mama wird ihr so einen Haarschnitt sicher nicht bezahlen, weil sie so schöne, lange Haare hat und Naturlocken. „Die schneidet man doch nicht einfach ab!“, hat sie jedes Mal gesagt, wenn Lotte über einen Shortcut verhandeln wollte.

Aber jetzt ist Schluss. Es muss was Neues her! Bezahlt sie's eben selbst, von ihrem Ersparten.

Sie ruft gleich bei Cut&Coffee an und lässt sich einen Termin geben. Das ist der einzige coole Friseurladen weit und breit. Perfekt! Dann holt sie die große Küchenschere und schneidet ihre Jeans an den Knien ein. Sie schminkt sich die Augen schwarz und reißt an den Schnittstellen am Knie herum. So franst es noch mehr aus und sieht nicht so frisch aus.

„Tschüss, Mama!"

„Wo gehst du denn hin?"

„Och, so 'n bisschen in den Garten von Jasmin. Grillen."

Mama ist gerade von der Arbeit wiedergekommen. Samstags hat sie um 16 Uhr Feierabend. Danach war sie noch einkaufen. Sie hat für den Abend frische Pasta mitgebracht. Tortellini vom Italiener, die, die Lotte so gern mag.

„Ich ess meinen Teil morgen."

Mama guckt an ihr herab und verdreht die Augen. „Du siehst ja wirklich sehr schick aus!"

„Danke."

„Nee, jetzt mal ehrlich. Du willst doch so nicht zu Bergers?"

„Warum nicht?"

Mama beißt sich auf die Lippen. Lotte weiß, wie schwer es für ihre Mutter zu ertragen ist, wenn sie so gammelig rumläuft, mit kaputten Jeans und schlabberigem T-Shirt, ganz zu schweigen von den alten Sneakers, die sie gleich aus der Garage holt. Aber da muss sie durch.

Lotte radelt los. Zuerst will sie was zu trinken an der Tanke kaufen, aber Edeka hat noch auf. Vielleicht trifft sie ja Squirrel. Sie hält an, wuschelt ihre Haare zurecht, damit die etwas punkiger aussehen, aber ihre Lockenpracht verändert kaum die Form. Hoffentlich ist ihre Wimperntusche nicht verschmiert. Schnell einen kleinen Blick in den Handspiegel. Nein, auch der schwarze Lidstrich sitzt noch richtig.

Vor Edeka stehen nur zwei kleine Kinder am Mülleimer und packen Eis am Stiel aus. Kein Squirrel in Sicht. Sie geht durch die Gänge und überlegt, was sie kaufen kann. Bacardi ist im Angebot. Aber mit Hochprozentigem kommt sie hier bestimmt nicht durch die Kasse. Sie entscheidet sich für eine Flasche Sekt, halbtrocken. Es gibt zwar Wein, der noch billiger ist, aber da kennt sie sich nicht aus. Sie nimmt noch eine Packung Chips aus dem Regal und stellt sich in die Schlange. Es sind nur zwei Kassen auf, viel zu viel los, um kontrolliert zu werden, außerdem ist die Kassiererin erkältet und kann kaum sprechen. Dann hätte sie ja doch den Bacardi kaufen können, obwohl der eigentlich auch im Angebot noch viel zu teuer war. In dem Moment, in dem die Verkäuferin den Sekt über den Scanner zieht und sie anguckt, wünscht ihr Lotte „gute Besserung". Die Verkäuferin lächelt, bedankt sich, sagt: „3,40 bitte."

Lotte schließt ihr Fahrrad auf und fährt los, am Park entlang, quer durch die Kleingärten. Später wird sie über die Hauptstraße nach Hause fahren. Ihr Blick schweift über den Parkplatz, zur Bank vor der Grünfläche. Sie ist leer.

Bei Jasmin schiebt sie ihr Rad durch die Einfahrt, schließt es auf dem Hof ab und geht in den Garten. Alles blüht, rankt und duftet. Man möchte nicht meinen, dass hier, vor nicht allzu langer Zeit, jemand in die Edelrosen gekotzt hat.

Michelle, Pomp, Jasmin und Jakob sitzen an dem runden Gartentisch auf der Terrasse, Jasmins Eltern sind auch da. Frau Berger gießt die Oleanderbüsche in den Terrakottatöpfen und

Herr Berger stellt einen Sack Holzkohle vor den Grill. Jasmins Vater hat kurze, blonde Haare, Muskeln und einen festen Händedruck. Die Mutter ist groß, schlank und blond, hat knallrote Lippen und ein strahlendes Lachen. Jasmin sieht ihr sehr ähnlich.

Michelle und Jasmin tragen beide mörderisch hohe High Heels. Lotte soll sich zwischen Pomp und Jakob setzen. An dem runden Tisch fällt es gar nicht auf, dass sie das fünfte Rad am Wagen ist.

Immer noch komisch, Michelle mit Pomp und Jasmin mit Jakob zu sehen, obwohl sie ja jetzt schon fast vier Wochen zusammen sind. Die glücklichen Pärchen am Tisch benehmen sich, als hätten sie gleich goldene Hochzeit.

„Schatz, schiebst du mir mal den Aschenbecher rüber?“

„Aber natürlich, Darling.“

„Danke, Schatz.“

Seliges Grinsen, Wimpernklimpern.

Lotte hat den Sekt in den Kühlschrank gestellt, trinkt zwei Bier mit Grapefruitsaft. Das ist schon fertig gemischt und schmeckt gar nicht nach

Bier, hat auch nur wenig Alkohol. Eine Empfehlung von Jasmins Mutter.

„Das ist auch gut gegen Falten", sagt Jasmin und Jakob sucht mit dem Mund nach ihren Falten im Gesicht. Jasmin kichert.

Lotte steckt sich eine Zigarette an, knibbelt an den Fingernägeln. Wenn das so weitergeht, bleibt sie nicht lange, sondern haut sich lieber auf eine Parkbank und hört Musik.

Jasmins Eltern haben sich verabschiedet, das Fleisch brutzelt auf dem Grill, die Jungs stehen daneben und machen einen auf Grillmeister. Die Mädchen unterhalten sich auf der Hollywoodschaukel. Lotte in der Mitte. Jasmin hat nur den Freund, Michelle gleich dazu noch die Pille gewechselt. Lotte hat noch nie die Pille genommen. Ihr Sexleben reduziert sich auf wenige wunderschöne Stunden an bitterkalten Wintertagen mit ein paar Kondomen. Sie war in Javier verknallt, vorletzten Winter. Da war sie noch 14, er 15 – der Austauschspanier aus Madrid. Javier konnte sagenhaft küssen. Es fing immer damit an, dass er ihren Mund erst nur mit seinen Lippen streichelte, dann ein bisschen mehr Druck ausübte und an ihren Lippen knabberte, sie einsaugte und sich ganz langsam mit der Zunge vortastete. Wenn sie an das denkt, was sie mit ihm erlebt hat, läuft ihr noch immer ein heißer Schauer über den Bauch. Manchmal sagt sie in Gedanken seinen Namen vor sich hin, so, wie sie ihn damals genannt hat: „Javi", was man rau und zärtlich zugleich aussprechen muss, das J wie ein kehliges „Ch" und das V wie ein weiches B – „Chabi".

Es gibt nur Fleisch. Nackensteak, Kotelett oder Rippchen. Jasmin entschuldigt sich, sagt, sie hätte ganz vergessen, Tofuwürstchen einzukaufen.

„Ich mag keine Tofuwürstchen", sagt Lotte. Aber schließlich finden sie in Jasmins Kühlschrank Schafskäse. Aus der Box auf der Fensterbank läuft Seeed: „Wonderful Day". Na ja, so wonderful ist der Tag bisher noch nicht. Vorhin wurde sogar am Tisch etwas von Kartenspielen gesagt. Geht's noch öder? Aber dann knattert Cousin Pascal mit einem Kumpel auf den Hof. Er hat eine Flasche Bacardi mitgebracht. Jasmin macht Freudensprünge – so weit es ihre High Heels zulassen. Sie tippelt gleich in die Küche und stellt den Bacardi in den Kühlschrank. Plötzlich kommt Stimmung auf im Garten. Und dann taucht noch jemand auf: Kasper. Ohne Karen-Susan.

Lotte setzt sich gerade hin.

„Tatsächlich Kasper." Michelle lächelt sie an, flüstert ihr zu: „Siehste? Läuft doch."

KEIN MÄDCHENBIER

„Flunkyball? Echt?“ Lotte kann sich nicht rausreden, sie muss mitmachen, schon allein weil sie zu acht sind.

„Ich hab auch keine Lust“, sagt Kasper.

„Dann kann ich ja Schiedsrichter sein“, versucht Lotte es noch mal. Sie möchte ja gern mal wissen, warum Kasper gekommen ist. Ist ihm das denn gar nicht peinlich?

„Wir brauchen keinen Schiedsrichter. Und Kasper macht mit“, sagt Pascal entschieden und pufft ihn gegen die Schulter. „Los, Alter, zier dich nicht so, wirste schon hinkriegen. Und du doch auch, Lotte!“

Michelle fragt Jasmin, ob sie hinter den Garten aufs Feld gehen sollen.

„Klar“, sagt Jasmin. „Hier auf dem Rasen dürfen wir nicht rennen. Meine Eltern killen mich sonst.“

„Deine Eltern doch nicht!“, sagt Michelle.

„Doch. Der Rasen ist ihnen heilig. Haben echt Zustände nach der letzten Party gekriegt.“

Hinter dem Garten geht es über einen Trampelpfad an den Nachbarsgärten vorbei auf eine große, verwilderte Wiese. Einer aus der Straße, der Kaninchen züchtet, hat sie frisch gemäht, ideale Spielverhältnisse also. Michelle und Jasmin haben sich flache Schuhe angezogen.

Lotte ist mit Pascal, Pascals Kumpel Ritschi und Jasmin in einer Mannschaft. Michelle, Jakob, Pomp und Kasper in der anderen. Lotte fragt sich, wie blöd man eigentlich sein muss, um hier aufzutauchen und so zu tun, als wäre nichts gewesen, im Geräteschuppen.

Pascal schreitet das Spielfeld ab, stellt die Flasche Wasser auf den Mittelpunkt. Ritschi bringt richtiges Pils. „Kein Mädchenbier.“ Für jeden eine 0,5er-Flasche. Er öffnet alle mit dem Schlüsselbund und stellt sie neben die Spieler.

„Kopf oder Zahl?“, fragt Pascal Pomp.

„Zahl.“

Pascal wirft ein 50-Cent-Stück hoch und klatscht es auf seinen Handrücken.

„Kopf“, sagt er. „Wir fangen an.“

Die Mannschaften gehen hinter die Wurflinie. Pascal hat auf beiden Seiten mit acht großen Schritten das Feld abgemessen und mit einer Delle im Boden gekennzeichnet. Jasmin kreischt auf, vor Vergnügen. Sie will unbedingt als Erste werfen. Sie wirft den grünen Tennisball in die Luft, fängt ihn wieder auf, ruft: „Seid ihr endlich bereit?"

„Jaaaa!", rufen die andern und stellen sich in Position. Dann holt sie aus und haut gleich beim ersten Wurf die Wasserflasche um. Sofort stürzen sich alle aus Lottes Mannschaft auf ihre Bierflaschen und versuchen so viel wie möglich hinunterzubringen. Lotte verschluckt sich, ihr kommt das Bier aus der Nase wieder raus. Sie hustet, wischt sich den Mund ab.

„STOPP!", rufen alle aus der anderen Mannschaft. Sie haben die Wasserflasche zurück auf den Mittelpunkt gestellt und den Ball wiedergeholt. Lotte und ihr Team müssen aufhören zu trinken. Pascal rülpst laut. Alle lachen. Michelle wirft zwei Meter daneben. Dann ist Lotte dran. Sie trifft die Wasserflasche auch nicht. Dafür fegt Jasmin sie voll um, aber kaum haben Lotte und ihre Mannschaft die Bierflaschen am Mund, hat Ritschi den Ball schon aufgelesen und die Wasserflasche hingestellt. Jasmin kreischt: „STOPP!“

Kaspers Flasche schäumt über, dafür kriegt die andere Mannschaft einen Extra-Schluck. So geht es hin und her; Lotte schäumt auch zweimal das Bier über. Das heißt zwei Extra-Schlucke für die andere Mannschaft, aber am Ende haben sie doch gewonnen. Lotte, Jasmin, Pascal und Ritschi und die Verlierer müssen den Rest in ihren Flaschen auf ex leeren.

Lotte lässt sich doch noch zu einer weiteren Partie überreden. Diesmal gewinnen Michelle, Jakob, Pomp und Kasper.

Aber jetzt reicht es echt.

„Einmal geht noch“, sagt Pascal. „Du kannst uns doch nicht hängenlassen!“ Er drückt ihr den Ball in die Hand. Alle gucken sie an und warten, dass sie sich endlich in Bewegung setzt.

Die dritte Runde geht noch mal an Michelles Team und Lotte muss schon wieder den Rest Bier auf ex austrinken. Sie kann aber nicht mehr schlucken, ihr läuft es aus dem Mundwinkel in den Kragen. Sie spuckt Bier aus, schüttelt sich. Eklig! Jasmin prustet Pascal voll in den Nacken. Er schreit auf, zieht die Schultern hoch. Alle lachen, Lotte auch. Auch Kasper scheint es zu gefallen. Manchmal guckt er sie so ausgiebig an. Soll er doch!

„Ich muss jetzt wirklich los", sagt sie und spürt ganz schön das Bier, obwohl gut die Hälfte danebengelaufen ist.

„Wie? Gerade wo's anfängt, richtig lustig zu werden?" Pascal baut sich vor ihr auf.

„Nee, echt jetzt."

„Spielverderber! Spielverderber!",

Lotte verdreht die Augen, geht an ihm vorbei, verabschiedet sich von Michelle mit einem Küsschen. Von Jasmin auch. Michelle will wissen, ob sie okay sei.

„Ja, ja", sagt Lotte.

„Warum haust du dann jetzt schon ab?"

„Du weißt doch, dass ich nicht so auf Flunkyball stehe."

„Wir können ja gleich was anderes machen."

Etwa Karten spielen und Pascals Bacardi dazu saufen?, verkneift sich Lotte zu fragen und geht über die Wiese. Sie meint Kaspers Blick auf ihrem Rücken zu spüren. Laut Jasmin hat er noch nicht überwunden, was Karen-Susan ihm angetan hat. Zuerst hätte sie ihn nach Strich und Faden verführt und dann fallengelassen. Wie eine heiße Kartoffel. Tja. Selber schuld, wenn er auf so eine Tussi reinfällt. Soll er sich doch beim Flunkyball abreagieren.

Lotte radelt los. Sie ist angetrunken. Es ist noch nicht mal richtig dunkel. Sie hat keine Lust, schon nach Hause zu fahren, aber wo soll sie hin? Selbst Samstagabend Viertel nach neun ist hier nichts los. Der einzige Club im Ort hätte auf, aber da kommt man erst ab 18 rein. Außerdem käme der sowieso nicht in Frage, weil da High Heels Pflicht sind. Mit ihren abgefuckten Sneakers würde sie die Türsteher bestimmt schocken. Allein das auszuprobieren wäre schon ein Besuch wert. Aber nicht jetzt, nicht heute. Sie hat keinen Bock auf Stress. Das Freizeitcenter hinter den Schrebergärten wäre noch eine Möglichkeit, die haben öfter Partys oder Konzerte auf dem Programm, aber in letzter Zeit läuft da gar nichts, wegen eines Personalwechsels, wie Lotte im Sonntagsblatt gelesen hat. Bliebe nur noch der McDonald's als einziger Treffpunkt weit und breit. Der hat 24 Stunden am Tag geöffnet. Früher haben Michelle und sie dort mal ein paar witzige Typen getroffen. Aber jetzt allein da hinfahren? Nee!

Dann fährt sie am kleinen Parkstück gegenüber von Edeka vorbei – und sieht schon von weitem, dass da offenbar noch was los ist.

EIN SIXPACK BIER

Lotte nähert sich der Parkbank. Squirrel steht dort mit ein paar Punks herum, hat sie noch gar nicht entdeckt, er redet gerade mit einem Typen neben sich. Dabei gestikuliert er wild herum, hat herunterhängende Hosenträger an seiner Jeans baumeln. Seine roten Haare stehen nach allen Seiten ab, als hätte er gerade in eine Steckdose gefasst. Sein Gesprächspartner neben ihm, mit stacheligem Iro, kaut auf seinem Lippenpiercing. Aus einem Handy schrabbelt laute Musik mit verzerrten Stimmen. Squirrel fängt an wild in die Luft zu trommeln, hält inne, als er sie sieht. „Hey!", sagt er. „Du hier?"

Lotte bremst, steht da, breitbeinig, Hände am Lenker. Auf der Bank hocken noch zwei Typen, sitzen auf der Lehne, Ellenbogen auf den Knien, Bierflasche in der einen, Zigarette in der anderen Hand. Den Dickeren mit den strähnigen braunen Haaren hat sie schon mal in der Stadt gesehen, vor Tchibo, mit zwei Hunden. Jetzt liegt ihm nur ein Hund vor den Füßen, zwischen Bank und städtischem Mülleimer. Ein pummeliger Mischling mit schwarzen Ohren, alle viere von sich gestreckt, schnarchend.

„Wo kommst 'n grad her?", fragt Squirrel.

„Von einer Grillparty."

„Geil. Haste ein paar Würstchen mitgebracht?"

„Nee. Was ist das denn für Musik?" Sie deutet mit dem Kinn aufs Handy.

„Unsere", sagt Squirrel und zeigt in die Runde.

„Ihr seid eine Band?"

„Klar. Protox Ultra." Seine grünen Augen funkeln, wenn er an der Zigarette zieht.

„Protox Ultra", wiederholt Lotte. „Hört sich nach Zahncreme an."

„Rattengift!", sagt Squirrel und schnippt seine Kippe weg.

„Auf deiner Homepage ist ja gar nichts zu sehen." Lotte hat versucht sich Squirrels Seite anzugucken, aber die war nicht in Betrieb.

„Ja, scheiße, ich weiß. Da ist grad totale Baustelle. Kann ich nicht selber reparieren."

„Ey, Alter, was stresst du dich die ganze Zeit

mit so 'ner blöden Homepage rum. Geh endlich auf Facebook", sagt der mit dem Iro.

„Mach ich ja auch." Squirrel guckt sie an. Er zeigt auf den Dickeren und den Iro. „Das sind Pelzi und Beule, meine Bandkumpels. Protox Ultra gibt's jetzt schon über ein Jahr. Wir waren letzten Sommer sogar bei Rock am Deich dabei."

„Ach, echt?"

„Ja. Willste 'n Bier?"

Lotte stellt ihr Fahrrad ab. Schon wieder Bier! Aber Squirrel greift bereits nach einer Flasche, die neben der Bank im aufgerissenen Sixpack steht. Er beißt mit den Zähnen den Kronkorken ab und spuckt ihn aus. Lotte kann es kaum mit ansehen. Die schönen Zähne! Schaum zischt aus der Flasche. Wenigstens gut zu sehen, dass er einfach abtropfen kann, ohne dass einer hysterisch aufschreit und man deswegen Strafschlucke nehmen muss. Lotte ist eigentlich wirklich nicht mehr nach Bier, aber sie kann ja jetzt nicht Nein sagen.

„Na dann zum Wohl!" Squirrel grinst wie der letzte Bankräuber und hebt die Flasche. Durch seinen Tunnel leuchtet das blaue E von Edeka. Das Bier schmeckt bitter, sie kriegt es kaum runter. Wie gern hätte sie jetzt einfach eine

Apfelschorle. Immerhin ist sie gleich mittendrin im Gespräch. Es ist ganz easy, weil alle sowieso auf einmal quatschen. Als es schon fast dunkel ist, kommt noch ein Mädchen dazu. Auch sie hat einen Hund dabei. Lila heißt sie und ist schneeweiß geschminkt. Dünne Beine staken aus einem schwarzen Minirock mit Spinnennetzmuster. Dazu trägt sie eine grün besprühte Lederjacke und riesige, schwarze Schnürstiefel. Lotte hört den anderen zu. Belächeln, weil sie so normalo angezogen ist, tut sie hier niemand. Ausfragen, wer sie ist, auch nicht. Das ist angenehm. Sie betrachtet Lilas pechschwarze Strubbelfrisur. So will Lotte die Haare auch haben.

Die Zeit vergeht wie nichts. Sie nimmt einen Schluck von ihrem zweiten von Squirrel geöffneten Bier. Hier wird auch nicht so ein Aufriss wegen dem Trinken gemacht. Es scheint dazuzugehören. Man trinkt eben. Alles Routine. Und selten so gelacht.

Lottes Termin bei Cut&Coffee ist am Dienstag. Sie geht nach der Schule dorthin und bestellt sich einen Milchkaffee. Hier kriegt man zu jedem Haarschnitt einen Kaffee gratis. Evelyn, die Chefin, kennt Lotte schon seit dem Kindergarten. Sie zögert, als sie ihr erklärt, was sie will.

„So radikal?“, fragt Evelyn.

„Ja“, sagt Lotte. „Richtig radikal.“

Kurze Zeit später liegen ihre Locken auf dem Boden und werden in den Müll gefegt. Aber vorher nimmt Lotte sich noch eine Strähne aus dem Haufen, eine besonders schöne, lange. Die bewahrt sie sich auf.

Hinterher ist ihr kühl am Kopf und sie muss sich überall anschauen, wo es geht: in Schaufensterscheiben, Autofenstern und Kaufhausspiegeln. Sie fährt mit dem Bus nach Hause und kommt sich plötzlich größer vor. Als wäre sie genau jetzt in die Höhe geschossen, als hätte ihr Körper kompensiert, was ihr an Haarlänge fehlt. Aber das kommt wohl, weil die Haare jetzt nicht mehr lockig an ihr runterhängen, sondern vom Kopf abstehen.

Natürlich ist Mama geschockt, sagt, schwarze Haare machten sie so furchtbar blass. Papa sagt nichts, fragt nur, ob sie in einen Farbtopf gefallen sei, und lacht.

Ha ha.

In den nächsten Tagen chillt sie öfter mit Squirrel, Beule, Lila und den anderen Leuten, meistens auf der Bank am Park. Squirrel findet ihre Haare geil.

„Jetzt haste voll den Charakterkopf", sagt er dazu.

Auch Lila findet Lottes Styling fantastisch. Lila ist hinter Beule her, dem Gitarristen von Protox Ultra. Das hat sie Lotte verraten. Und dass die Band versucht einen Gig im August in Hannover zu kriegen. Als Support bei Alert Arrival oder Flight 17. Lotte würde ja Protox Ultra zu gern mal live sehen. Bisher kennt sie nur die Clips auf YouTube. Aber bei denen ist die Akustik richtig mies. Zumindest darf sie bald in den Übungskeller mit.

SCHALES BIER

Der Übungskeller ist in einem Reihenhaus untergebracht. Pelzi, der Bassist der Band, wohnt da mit seiner Mutter, seinem Hund und seinem großen Bruder. Pelzis Mutter spricht nur Russisch mit Pelzi. Sein deutscher Wortschatz besteht zu 90 Prozent aus „krass", „verfickt" und „räudig". Er sieht auch immer fertig aus, das Weiße in den Augen ist rot unterlaufen. Lotte hat noch nie jemanden gesehen, der mit 17 oder 18 so fertig aussieht und das auch noch extra betont. Dass er am Bass eine Niete ist, ist nicht mal für Lotte schwer zu erkennen. Aber Squirrel sagt, er und Beule könnten ihn nicht aus der Band werfen, weil Pelzi den Übungskeller zur Verfügung stellt. Letztendlich käme es bei Hardcore und Punk auch nicht darauf an, wie gut man spielen kann, sondern wie man rüberkommt. Und Pelzis abgefucktes Image sei gut für die Band.

Im Übungskeller ist es dunkel, kühl; es riecht nach Heizöl und schalem Bier. Ein versiffter Teppich liegt zur Schalldämmung auf dem Boden; die Wände sind mit Eierpappe tapeziert. Überall liegen Kabel und Doppelstecker herum. Von der Decke hängt eine nackte Glühbirne. Sie haben ein Schlagzeug, ein Keyboard, eine Akustikgitarre und ein Mikrofon.

Squirrel ist Schlagzeuger und schlägt sich bei jeder Session die Seele aus dem Leib. Nass geschwitzt und heiser, mit einem Handtuch um den Nacken, kommt er nach dem Üben und Herumbrüllen hinter seinem Schlagzeug hervor und beißt sich erst einmal eine Flasche Bier auf. Lotte kann es immer noch nicht mit ansehen. Er bespuckt Beule mit dem Kronkorken, aber der merkt davon nichts, weil er so wild auf seiner Gitarre herumschrammelt, röhrt und pogt, dass ihm die Stacheln vom Iro dabei umknicken und sein Stecker aus dem Verstärker ploppt. Jeder ist auf seine Weise beschäftigt. Pelzi zuckt am Bass herum, mit verrenktem Gesicht wie ein frierender Zombie. Lotte ist völlig geflasht von der Energie, die von den drei Jungs ausgeht.

Klar, die Musik ist eine Zumutung, eigentlich nicht zu ertragen, höchstens nach einem Bier.

100 Prozent aggro, die reinste Rebellion. Trotzdem ist Lotte begeistert, kriegt selber Lust drauf, die Sau rauszulassen. Nieder mit den Rosengärten, nieder mit High Heels, Grillpartys und braven Flunkyballspielen. Her mit dem Rattengift!

Als Squirrel Geburtstag hat, bekommt sie endlich die Gelegenheit, ein richtiges Konzert von ihnen mitzuerleben. Raus aus dem Heizungskeller, rauf auf die Bühne! Protox Ultra hat einen Gig im Freizeitcenter, in dem von Nähkursen über „Bauch-Beine-Po"-Gymnastik bis zum Auftritt lokaler Musikbands alles möglich ist. Jedenfalls seit es den neuen Leiter gibt, einen Typen aus Berlin, der mit seiner Familie aus der Partyhauptstadt aufs Land geflüchtet ist. Er will einer lokalen Punkband genau dieselbe Chance geben wie einer Folklorecombo à la Kastelruther Spatzen.

Lotte sagt Michelle Bescheid, aber Michelle rümpft erwartungsgemäß nur die Nase. „Ich verstehe echt nicht, warum du dich plötzlich so für diese Typen begeisterst. Hast du dich etwa wegen denen so umgestylt? Was ist denn mit Kasper?"

„Kasper? Was soll denn mit dem sein?"

„Ich mein ja nur. Da bestand ja mal Interesse. Und jetzt, wo alles nur ein Gerücht war …"

„Was war ein Gerücht?"

„Na, dass er und Karen-Susan bei Jasmins Party zusammen im Geräteschuppen übereinander hergefallen sind."

„Ach ja? Und wer hat das behauptet?"

„Hat Karen-Susan in die Welt gesetzt. Jasmin hat es von einer Freundin von Karen-Susan erfahren. Reine Wunschvorstellung, wenn du mich fragst."

„Aber sie hat doch mit ihm Schluss gemacht."

„Wer weiß?"

Lotte sieht die beiden noch auf der Hollywoodschaukel, beim Knutschen. „Mir auch egal", sagt sie. „Kasper interessiert mich nicht mehr."

„Willst du etwa was von diesem Eichhörnchentypen?"

„Nein!"

„Aber du stehst doch voll auf den. Das merke ich doch."

„Ich weiß nicht."

„Siehste!"

Ob sich was mit Squirrel zusammenbraut oder ob sie nur gute Kumpels bleiben, darüber will

Lotte nicht spekulieren. Auf jeden Fall ist es schon special, mit Squirrel und den anderen zusammen zu sein. Ist doch cool, dass sie nicht alles hinnehmen und schlucken, na ja, außer – Alkohol. Squirrel ist praktisch immer am Trinken. Lotte kennt ihn gar nicht nüchtern. Ob er dann auch so speedig und lustig drauf ist? Oder wäre er ohne seine aufgebissenen Biere ein ganz anderer? Er gibt nicht viel von sich preis. Lotte weiß nur, dass er weiter draußen wohnt, bei seinem Vater, einmal hängengeblieben und zweimal von der Schule geflogen ist. Jetzt ist er endlich 18 und sagt, er habe seine zehn Schulpflichtjahre „abgesessen" und denke gar nicht daran, eine Lehre oder irgendeine Ausbildung anzufangen.

„Auf die Gesamtscheiße hab ich echt keinen Bock. Die Band ist mein Leben."

Vielleicht kann er sich leisten so zu reden, denn seine Eltern sind beide Kieferchirurgen und scheinen ganz schön Kohle zu haben. Das weiß Lotte von Lila. Deswegen hat Squirrel so perfekt geformte Zähne. Und grüne Kontaktlinsen anstatt eines Kassengestells von Fielmann. Egal – Squirrel ist cool, witzig und originell. Vielleicht ergibt sich ja was auf dem Konzert.

NÜSSCHEN UND WEIN

In den Mehrzweckraum passen bestimmt gut 100 Leute. Auf einer Seite ist ein schwarzes Podest aufgebaut. Auf dem roten PVC-Boden liegen noch Schnipsel und Bastelreste herum, wahrscheinlich von dem Kurs „Serviettentechnik", der auf dem Flyer im Aushang steht. Die Fensterfronten mit den gelben Rahmen sind mit dunkelblauen Jalousien bedeckt. Ein paar Leute schieben Tische an die Wand. Squirrel, Beule und Pelzi bauen die Instrumente auf. Pelzis Bruder hat sie hergefahren. Mikros und Anlage werden vom Haus gestellt. Lotte reicht Kabel und Kästen an, besser als doof rumsitzen.

Pelzi hebt eine Dose Haarspray vom Boden auf, die Beule aus der Tasche gefallen ist.

„Ey Alter, kein Wunder, wenn dir deine Spikes umknicken, mit dem Zeug hier!"

Beule schnappt ihm das Spray aus der Hand.

„Zuckerwasser kann ich da nur empfehlen", sagt Pelzi und grinst. „Autolack oder Tapetenkleister gehen auch. Aber doch nicht Wellaflex, du Muschi!"

Es sind nicht nur Punks da, aber doch eine Menge. Lotte hätte nie gedacht, dass es überhaupt so viele in Cloppenburg gibt. Die meisten sind allerdings nicht aus der Gegend, wie sich herausstellt, sondern extra aus Bremen, Oldenburg oder Osnabrück angereist. Protox Ultra scheint ja ganz schön berühmt zu sein.

Es ist keiner da, den sie kennt.

Zu Hause hat Lotte gesagt, sie ginge mit Michelle auf ein Konzert. Mama und Papa haben auf dem Sofa gesessen, vorm Fernseher. Wie immer mit Nüsschen und Wein – megaspießig.

Papa hat dann zwar aus der Zeitung zitiert, dass es sich um ein Punk-Konzert handele, und Mama ist daraufhin zusammengezuckt, aber er hat sie gleich beruhigt und gefragt, was daran denn so schlimm sei. Die Jugend müsse nun mal experimentieren. Aber solange sie nicht „abrutsche", sei er der Letzte, der Vorurteile nur wegen des Aussehens habe.

„Wir haben uns früher auch schräge Musik angehört und sind mit so einer Matte rumgelaufen“, hat er gesagt und mit den Händen angedeutet, wie lang und voluminös sein Haupthaar einst gewesen ist. Das kennt Lotte von alten Fotos. Mittlerweile ziert nur noch ein Haarkranz seine Platte, die er unter einem Basecap verbirgt und nur zu Hause entblößt.

„Ich kann auch bei Michelle schlafen“, hat Lotte gelogen, weil sie nicht von ihren Eltern abgeholt werden wollte. Dabei hat sie gewusst, dass Michelles Eltern nicht da sind und Pomp bei ihr übernachtet.

„Sicher?“, hat Mama gefragt.

„Also, wenn ich bei Michelle schlafe, schick ich euch eine SMS, sonst bringt mich jemand nach Hause.“

Mama hat nur geschluckt und genickt, sich auch weitere Bemerkungen wegen ihres Aussehens verkniffen. Lotte hat gespürt, wie schwer ihr das fiel, immerhin hat sie ein löchriges, schwarzes T-Shirt mit kiffendem Totenkopf getragen, das sie von Squirrel geschenkt bekommen hat. Mütter sind also doch lernfähig!

Beim Soundcheck platzt Lotte fast das Trommelfell. So laut dürfen Protox Ultra nicht spielen, sie diskutieren mit dem Berliner, verhandeln um jeden Dezibel. Punkrock sei nun mal nichts, was man leise hören könne.

„Trotzdem", sagt der neue Leiter. „Das ist hier ein Freizeitcenter, da muss man Rücksicht auf die Anwohner nehmen."

Lotte geht auf die Toilette und zupft vor dem Spiegel an sich herum. Mittlerweile hat sie sich an ihre kurzen, schwarzen Haare gewöhnt, auch wenn es immer noch kühl im Nacken ist und sie wirklich sehr blass damit wirkt. Der Lidstrich ist ihr heute besonders gut gelungen, dick und schwungvoll, weit über das Auge hinaus. Sie überlegt, ob sie sich nicht ein paar Brauen-Piercings stechen lassen soll. Aber der Gedanke, dass man ihr eine Nadel durch ihre Augenbraue bohrt, lässt sie erschaudern. Sie kann keinen Schmerz ertragen. Schon beim Zahnarzt kriegt sie einen Nervenzusammenbruch, allein von der Angst vor der Spritze.

Sie geht wieder nach oben, in den Saal. Die Band ist nun fertig mit dem Soundcheck. Die Jungs stehen quatschend herum. Aus den Boxen dröhnen die Arctic Monkeys.

Squirrel hat ihr in letzter Zeit eine Menge Musik auf dem Handy vorgespielt. Ein paar Sachen hat sie sich zu Hause in Ruhe anzuhören versucht, aber es war mehr Durchhalten als Vergnügen. Trotzdem hat sie alle Buttons der Bands, die Squirrel ihr geschenkt hat, an ihre schwarz gefärbte Jeansjacke gesteckt.

Squirrel steht mit Beule und Pelzi draußen, bei den Müllcontainern, neben ein paar Typen und trinkt Bier. „Hey!“, ruft er ihr zu, eine Aufforderung, dass sie zu ihm kommen soll.

„Hey“, sagt sie und knufft ihm gegen die Schulter.

Neben Lotte hockt ein Mädchen auf den Fersen, Rücken an der Wand. Sie hat blau gefärbte, verfilzte Dreadlocks, fragt Lotte nach was zu trinken. Ihr Zungenpiercing glänzt beim Sprechen. Lotte reicht ihr den Rest von ihrem Bier rüber. Seitdem sie mit Squirrel rumhängt, trinkt sie meistens Bier. An den herben Geschmack hat sie sich inzwischen gewöhnt. Pelzi rülpst total laut. Alle lachen. Da rülpst er gleich noch einmal. Primitiv, denkt Lotte und wendet den Blick angewidert von ihm ab. Das Mädchen heißt Rike, ist auch schon 18 und kommt eigentlich aus Herford, aber zurzeit lebt sie mal hier, mal da. Schule hat sie in der Elften abgebrochen. War ihr zu stressig.

„Ich mach auch kein Abi“, sagt Lotte. „Ich will lieber einen Job.“

Es ist das erste Mal, dass sie das so klar sagt. Lotte wundert sich selber.

„Ach“, sagt Rike. „Job ist auch Scheiße. Am besten, man kommt so durchs Leben.“ Sie schnippt ihren Zigarettenstummel weg, er glüht auf dem Gehsteig weiter.

Lotte schaut ihm hinterher, sieht, wie Pelzi darauf zugeht, und hätte Rike gern gefragt, wie sie das meint, wie man „so“ durchs Leben kommt. Aber da stellt sich Pelzi vor die glimmende Kippe, fummelt an seiner Hose herum und pinkelt drauf.

„Ey, du alte Sau, was machst ’n da?“, ruft Squirrel ihm zu.

„Ich lösche.“

Alle grölen.

„Komm lieber her, hier gibt’s was zu löschen“, ruft ein Typ und hält ihm eine neue Flasche Bier hin.

WODKA-RED BULL

Als sie endlich anfangen zu spielen, ist es schon nach 22 Uhr und alle sind ziemlich breit. Der Laden bebt. Lotte steht ganz vorn vor der Bühne und wird von allen Seiten angerempelt und geschubst. Passiert halt beim Pogen. Als ihr jemand voll auf den Fuß springt, drängelt sie sich weiter nach hinten durch.

Die Bässe rumoren im Magen, Beule röhrt ins Mikrofon, Squirrel drischt aufs Schlagzeug ein wie ein Verrückter. Schweiß sprüht von ihm wie bei einem Hund, der Wasser abschüttelt. Die Menge pogt, die Menge wogt. Jemand torkelt ihr in die Rippen, erst ganz hinten bei den Fenstern ist es ruhiger, steht Rike mit ein paar anderen herum. Lila ist auch da.

„Hey!“, schreit sie ihr ins Ohr und reicht Lotte eine Flasche. Wodka mit Red Bull.

Geil. Den Wodka schmeckt man kaum. Lotte nimmt noch einen Schluck. Kommt gut nach dem Bier, ist schön süß. Lila und Rike wollen nach draußen, eine rauchen. Lilas Hund rennt ihr entgegen und springt an ihnen hoch. Er hat ein schwarzes Piratentuch um den Hals. Lila tätschelt ihm den Kopf, dann dreht er sich um und spielt mit Pelzis Hund und noch zwei anderen. Lotte möchte auch einen Hund haben. Neben dem Müllcontainer stehen zwei Typen und kiffen. Rike fragt, ob sie auch was wollen, aber Lila winkt ab. Lotte auch. Lieber nicht auch noch kiffen, nicht nach dem ganzen Alk.

Rike und Lila sind echt witzig. Tanzen da auf der Stelle herum und haben für jeden einen Spruch auf den Lippen.

„Na, Leiche, biste mal wieder Trecker gefahren?“, sagt Rike zu einem bleichen, dünnen Typen. Alle lachen, auch Leiche. Lotte erfährt, dass Leiche auf dem Land wohnt und beim letzten Konzert so voll war, dass er in einem Straßengraben übernachten musste.

„Morgens hat ihn dann irgendein Bauer aufgegabelt und mit dem Trecker nach Hause gebracht.“

Rike und Lila scheinen alle zu kennen, sie knuffen und umarmen jeden, der auftaucht, sind total aufgekratzt. Lotte dreht für sich und die beiden Zigaretten, hat immer wieder die Flasche in der Hand, trinkt und trinkt und fühlt sich angenehm berauscht. Wo ist denn Squirrel? Sie hält nach ihm Ausschau. Er steht noch auf der Bühne, umringt von Leuten, ein Bier in der Hand und lacht.

Irgendwann flimmert es vor ihren Augen und eine Stimme in ihr sagt, sie sollte jetzt besser nach Hause gehen. Aber genau in diesem Moment legt Rike einen Arm um sie und fragt, ob sie mit aufs Klo käme. Lotte schnappt einem Typen im Gehen eine fast volle Plastikflasche aus der Hand.

„Geile Mischung", hört sie sich sagen und setzt die Flasche an den Hals, aber da stolpert Rike neben ihr, stößt sie an und alles platscht ihr auf die Füße. Jetzt sind ihre Sneakers nass. Gelächter und Gegröle. Mein Gott, wer ist denn so laut hier? Das ist sie selber. Plötzlich kann sie sich kaum halten, so lustig ist das. Dann hüpfen sie Treppen runter und torkeln aufs Klo. Auf dem Klo ist die reinste Versammlung. Der Boden ist klitschnass, der Mülleimer, umgekippt, liegt mitten im Weg. Die Papierhandtücher kleben in den Pfützen. Rike geht pinkeln und Lila verklickert ihr, dass sie jetzt mit Beule zusammen sei und heute bei ihm übernachte. Lotte freut sich für Lila. Lila fragt, ob sie scharf auf Squirrel sei.

Lotte sagt: „Glaub nich“, und versucht mit der Schulter zu zucken. Aber sie weiß nicht, wo ihre Schulter ist, drängelt sich zum Waschbecken durch und trinkt kaltes Wasser. Dann hat sie wieder die große Plastikflasche in der Hand. Alle reden, kreischen, lachen. Ein Mädchen mit dunkelbraunen Augen steht vorm Spiegel und malt sich die Lippen schwarz. Dann reicht sie den Lippenstift an eine Freundin weiter. Am Nebenspiegel stehen zwei Emomädels und toupieren sich die Haare. Das ist der coolste Samstag ever.

Viel weitere klare Gedanken hat sie wohl nicht mehr gehabt. Jedenfalls erinnert sie sich nicht. Zwar weiß sie noch, wie sie plötzlich wieder unter all den Leuten war. Rike und Lila aber waren weg und Squirrel auch nicht zu finden. Die Band hatte längst aufgehört zu spielen, aber es war trotzdem noch megaviel los. Das letzte Bild, das sie vor Augen hat, ist das von einem Autorücksitz, neben ihr eine Horde Leute und in die Hand ihre nassen Sneakers.

Als sie morgens wach wird, liegt sie im Bett, ihr Mund staubtrocken, sie bemerkt einen Arm auf ihrer Hüfte. Sie öffnet die Augen, sieht in ein Gesicht. In ein schlafendes Gesicht, mit offenem Mund. Das ist nicht Squirrel. Das ist ja … Pelzi! Was ist hier denn los? Wie ist sie hierhergekommen? Warum erinnert sie sich an nichts?

Sie fährt hoch. Ihr Kopf ist so schwer wie Beton. Im Nu schubst sie den Arm von sich. Sie schafft es aus dem fremden Bett, das gar kein Bett, sondern nur eine Matratze auf dem Boden ist. Überall liegen Sachen und Klamotten herum. Sie tapst auf den Flur, trifft ein Kind und einen Hund mit schwarzen Ohren, findet das Klo. Sie krallt sich am Spülbecken fest. Was macht sie hier, bei Pelzi? Wie ist sie auf seiner Matratze gelandet? Wieso hat sie nur noch T-Shirt und Slip an? Wo sind ihre Klamotten? Wo sind Rike und Lila? Squirrel? Und wie spät ist es nur?

Ihr Herz schlägt laut und schnell. Ihr ist hundeelend. Sie würgt ins Leere, drückt sich die Hand auf den Mund, hat Angst, ihr Magen könnte aus ihr herausstülpen. Schnell trinkt sie etwas Wasser aus dem Hahn und hält ihr Gesicht in den Wasserstrahl. Prustet, rubbelt sich mit einem Handtuch durchs Gesicht. Dann blickt sie in den Spiegel. Noch nie ist sie sich so fremd gewesen, so fern.

Auf dem Flur kommt ihr Pelzis Hund entgegen, schwanzwedelnd, hechelnd. Steck bloß deine Zunge ein! Da steht ein Kind, mit Windel und Basecap, es hält eine Wasser-Pumpgun in der Hand. Das Kind hat sie doch irgendwo schon mal gesehen. Sie huscht zurück in Pelzis Zimmer und schließt die Tür schnell hinter sich. Sie muss sofort weg hier!

Sie findet ihre Jeans mitten im Zimmer, Innenseiten außen, einen Schuh neben einem zerschlissenen Sessel, den anderen auf der Matratze. Lottes Hände zittern so sehr, dass sie die Schnürsenkel nicht zumachen kann. Wieso sind ihre Sneakers denn so nass? Sosehr sie sich auch zu erinnern versucht, sie hat beim besten Willen keine Ahnung, wie sie zu Pelzi ins Bett gekommen ist. Sie pfriemelt ihr Handy aus der Jeanstasche. 8:30 Uhr. Pelzi verdreht die Augen und haut sich auf die andere Seite. Sein Hintern lugt aus der Decke. Ihr wird eiskalt. Pelzis Hintern ist weiß und nackt.

Alles tut weh. Auf der Straße wünscht sie sich nichts sehnlicher als eine Sonnenbrille. Die Augen stechen, brennen, sie muss sie zukneifen, obwohl der Himmel mit grauen Wolken verhangen ist. Kurz vorm Regen. Würde der Himmel sich doch nur auftun und Sturzbäche auf sie niederkrachen lassen und sie einfach wegspülen!

HUGO

Für einen Sonntag ist es zum Glück noch früh. Sie muss ihren Eltern unbedingt eine Nachricht schreiben! Die stehen sonst auf und wundern sich, warum sie nichts von Lotte gehört haben, und starten eine Großsuchaktion. Bloß nicht noch mehr Stress aufkommen lassen!

Lottes Hände zittern beim Tippen, aber sie strengt sich an, jedes Wort auszuschreiben: *Guten Morgen! Sorry, hab ganz vergessen mich zu melden. Bin bei Michelle. Wir schlafen noch. :) Bis später*

Dann ruft sie Michelle an. Es dauert, bis sie ans Telefon geht. Lotte entschuldigt sich, weil es so früh ist, aber Michelle klingt selig.

„Wir liegen noch im Bett."

„Wir?"

„Pomp und ich. Meine Eltern sind doch nicht da."

Hat Lotte ganz vergessen. „Kann ich trotzdem vorbeikommen?"

„Ist was passiert? Du klingst so – heiser."

„Ich hab gesagt, ich schlaf bei dir."

„Ach so", sagt Michelle. „Dann komm."

Keine halbe Stunde später sitzt Lotte mit Michelle und Pomp am Küchentisch. Die beiden in weißen Bademänteln und roten Wangen. Der Tisch ist gedeckt, die Erdbeermarmelade leuchtet. Michelles Augen auch. Sie lächelt Pomp an.

„Schatz, gibst du mir bitte mal die Butter?"

„Möchtest du noch Kaffee, Süße?"

Michelle und Pomp gucken sie mitleidig an, bestimmt, weil sie so fertig aussieht und ihre Nacht offensichtlich nicht so harmonisch verlaufen ist wie ihre. Könnte Lotte doch nur schon nach Hause, um sich zu verkriechen. Ab ins Bett und Decke über den Kopf und dann versuchen das Puzzle von gestern Abend zusammenzukriegen, aber da kommt nichts. Außer dem Geräusch von klirrenden Flaschen und dem Bild vom Autorücksitz.

Michelle kann sich keinen Zentimeter von Pomp trennen, guckt Lotte aber neugierig an. „Und, wie war's?"

Lotte schluckt. „Ich hatte den totalen Absturz“, presst sie schließlich heraus.

„Im Rosenbeet?“ Pomp und Michelle lachen.

„Nee, echt jetzt.“ Lotte hat jetzt wirklich keine Nerven auf blöde Bemerkungen. „Kann ich mich vielleicht noch mal kurz hinlegen?“

Als sie in Michelles Bett auf die Uhr guckt, ist es schon 13:07 Uhr. Sie angelt nach ihrem Handy und wählt. Squirrel meldet sich nicht. Lila auch nicht. Dafür hat sie eine Nachricht von Mama: Komm nach Hause, hier wartet eine Überraschung auf dich. Mit Smiley. Dann muss es ja eine gute Überraschung sein. Eine schlechte könnte sie jetzt auch nicht verkraften.

Lotte riecht ihren eigenen Schweiß. Sie geht unter die Dusche, ihr Körper fühlt sich taub an, als gehöre er nicht zu ihr. An einigen Stellen tut es weh. Sie dreht das kalte Wasser auf und lässt es sich auf den Kopf prasseln. Jetzt ist sie wenigstens wach! Sie schrubbt sich mit Seife ab, als hätte sie sich noch nie im Leben gewaschen.

Michelle und Pomp sitzen auf dem Sofa und sehen fern.

Michelle erhebt sich, schlüpft in ihre Minnie-Maus-Hausschuhe und begleitet sie zur Haustür.

„Ruf mich heute Abend an und erzähl mir alles in Ruhe, ja?“

„Danke“, sagt Lotte. „Für die Brötchen und das Bett.“

Michelle nickt. Dann seufzt sie, wie Mama manchmal seufzt, wenn sie nichts versteht. „Wieso lässt du dich auch auf diese Chaoten ein?“, gibt sie ihr noch mit auf den Weg.

Zu Hause sitzt Eva am Wohnzimmertisch mit den Eltern. Das ist ja wirklich eine tolle Überraschung!

„Hey, Partygirl.“ Ihre große Schwester zwinkert ihr zu. „Du siehst ja cool aus.“ Sie zeigt auf Lottes kurze, schwarze Haare. „Mama hat mich schon vorgewarnt.“ Sie lacht. „Also ich weiß gar nicht, was sie hat. Steht dir doch gut!“

„Na ja“, sagt Mama.

„Musst du ja auch nicht tragen“, sagt Eva, schlagfertig, wie sie ist. Und schon ist Mama still.

„Komm, ich hab deinen Lieblingskuchen mitgebracht“, sagt Eva. Du siehst aus, als könntest du einen starken Kaffee vertragen.“

Lotte kann die Tränen kaum zurückhalten. Am liebsten würde sie Eva in die Arme fallen und ihr sofort alles erzählen. Aber jetzt gibt es Kaffee und Kuchen und prüfende Blicke von Mama. Lotte kriegt fast nichts runter. Wenigstens ist sie schon mal geduscht und riecht einigermaßen sauber. Sie hat sich ein frisches Top von Michelle geliehen und ist ungeschminkt. Die versifften Sneakers hat sie ordnungsgemäß in der Garage versorgt. Wahrscheinlich sind ihre Augen noch rot und sie ist leichenblass. Na und? Wenn Mama und Papa bowlen gehen, kommen sie auch betrunken nach Hause. Manchmal liegt Mama dann noch den ganzen Sonntag auf dem Sofa und sagt, sie trinke nie wieder was. Wenn Mama wüsste, dass Lotte gestern wie ein Loch gesoffen hat, würde sie ihr hundertpro einen Vortrag halten.

Doch stattdessen lächelt Mama sie an, sagt, wie schön, dass sie gleich gekommen sei. Wahrscheinlich hat sie geglaubt, Lotte mache sich lieber einen ruhigen Sonntag mit Michelle, als sich von ihr zum Kaffeetrinken mit der Familie überreden zu lassen. Und auf einmal würde Lotte Mama jetzt am liebsten umarmen. Dieses ewige Anlügen ist so anstrengend. Warum kann sie ihrer Mutter nicht einfach sagen, was Sache ist? Du, Mama, hör mal, ich hab gestern bei einem Punk-Konzert jede Menge Wodka-E getrunken. Was danach passiert ist, weiß ich nicht mehr, nur, dass ich heute Morgen mit dem ekligsten Typen der Band im Bett lag und er nackt war. – Ach du armes Kind, komm an meine Mutterbrust und ruh dich aus. Dann wird alles wieder gut! – Tja, aber so läuft das leider nicht.

Lotte schluckt stattdessen die Tränen runter. Mama bietet ihr noch ein Stück Mohnstreusel an. Da muss sie husten, damit keiner merkt, dass die Tränen nicht mehr zurückzuhalten sind. Tut so, als hätte sie sich verschluckt, läuft ins Badezimmer.

„Alles okay?“, ruft Papa hinter ihr her.

„Ja“, ruft sie zurück und hustet, bis der Hals kratzt, dreht den Wasserhahn auf und weint, guckt in den Spiegel und könnte sich glatt eine reinhauen.

„Du siehst müde aus“, sagt Mama zu ihr und räumt das Geschirr ab. Eva telefoniert gerade auf dem Flur.

Lotte sagt nichts und hilft Mama beim Abräumen. Die hantiert plötzlich mit einer Flasche Sekt in der Hand herum. Allein beim

Anblick zieht sich bei Lotte alles zusammen. Eva kommt zurück in die Küche, sagt, sie könne noch bis morgen früh bleiben. Mama mischt Holundersirup mit Sekt, Mineralwasser und frischer Minze, reicht Eva ein Glas.

„Möchtest du auch einen Hugo?“, fragt sie Lotte. Sie schüttelt den Kopf. Mama stößt mit Eva an. „Zur Feier des Tages.“

Lotte schnappt sich schnell ihre Tasche und verschwindet zur Tür. Hoffentlich kann sie nachher in Ruhe mit Eva reden.

WHISKY COLA

Obwohl sie vorhin erst geduscht hat, fühlt sie sich immer noch dreckig. Sie geht in die Badewanne. Im Wasser bemerkt sie die blauen Flecken, an den Armen, den Beinen, auch an der Hüfte. Das muss vom Pogen kommen, sie erinnert sich, wie die anderen in sie reingedonnert sind. Sie tastet ihren Körper ab, Zentimeter für Zentimeter. Alles intakt. Es fühlt sich auch nicht so an, als wenn da was mit Pelzi gewesen wäre. Oder?

Sie starrt auf den Badeschaum, schaut zu, wie Bläschen um Bläschen schmilzt und knistert. Wie viel von ihrem Gedächtnis ihr wohl durch die letzte Nacht weggeknistert ist?

Am Abend, als die Eltern Tatort gucken, hängt sie im großen englischen Ohrensessel in Evas Zimmer. Es ist fast so wie früher. Eva sitzt auf ihrem Drehstuhl, sie trinken Tee. Glücks-Tee, mit Ingwer-Zitrone. Eva erzählt von Marburg. In den Sommerferien soll Lotte sie unbedingt besuchen kommen. „Dann zeige ich dir alles – unsere WG, die Uni, die ‚Nudelfabrik', wo man super lecker essen kann. Ich gehe auch mit dir in einen Club, wenn du willst."

„Am liebsten würde ich auf der Stelle mit dir verschwinden", sagt Lotte und seufzt.

„Was ist denn los, Schwesterlein. Irgendwas stimmt doch nicht!"

„Irgendwas ist ein bisschen untertrieben. Nichts stimmt. Alles ist einfach so scheiße."

„Wieso denn?"

„Weil, weil ich nur Scheiß mache, die ganze Zeit!" Lotte boxt auf die Sessellehne. „Ich bin echt zu blöd!"

„Wieso sagst du so was?" Eva steht auf und geht zum Sessel.

„Weil es stimmt. Weil diese Ferien einfach Müll sind. Und weil hier alles so bescheuert ist und niemand da ist. Und als ich gedacht habe, jetzt wird es besser, da … Da ist alles nur noch schlimmer geworden. Und heute früh, das war einfach das Allerletzte. Und dann sprudelt alles aus Lotte heraus und sie erzählt Eva von gestern und ihrem totalen Filmriss.

„Ich bin auch schon mal fies abgestürzt“, sagt Eva.

„Du?!“ Lotte setzt sich auf. Das muss sie sich genauer anhören!

„Ja, ich. Habe einem total süßen Typen total die Bude vollgekotzt.“ Eva steht auf und setzt sich mit auf den Ohrensessel. Lotte rutscht ein Stück.

„Er hat mich zu sich eingeladen. Und bei sich hat er irgend so einen super Whisky ausgepackt, aus Schottland. Den haben wir dann mit Cola getrunken. Ich hab einen nach dem anderen weggekippt. Es war extrem lustig, aber als ich aufstand, um aufs Klo zu gehen, fing echt alles an zu schwanken. So heftig, dass ich nicht mal mehr allein gehen konnte. Und dann habe ich da übelst rumgekotzt. O Mann, das war so was von peinlich! Kannst du dir nicht vorstellen!“

„Doch“, sagt Lotte sofort. „Aber konntest du dich an alles erinnern?“

Eva kräuselte die Stirn. „Ja, das schon. Aber ehrlich gesagt, ich hätte lieber alles vergessen. Allerdings ist seitdem eins sicher: Das Zeug trinke ich nie wieder. Überhaupt nichts Hochprozentiges mehr. Und schon gar keine Mixgetränke. Die sind so was von hinterlistig.“

„Und was trinkst du noch?“

„Nur Wein oder Sekt. Da behalte ich den Überblick. Nach zwei Gläsern hab ich eh genug.“

„Mhm!“, sagt Lotte.

„Muss eben jeder für sich lernen. Was er verträgt. Und wie viel. Ich nehme an, so was wie letzte Nacht wird dir so schnell nicht wieder passieren, oder?“

„Nie wieder!“, sagt Lotte. „Echt nicht.“

Eva schmunzelt aufmunternd.

„Dann mach dich nicht selber so runter! Du bist meine tolle, kluge kleine Schwester, auf die ich stolz bin. Vergiss das nicht!“

Am Abend ruft Michelle an und will wissen, was gelaufen sei, jetzt, wo Pomp weg ist, könne sie in Ruhe telefonieren. Lotte zögert erst, aber Michelle hört sich dann doch nach echter Anteilnahme an. Also erzählt Lotte ihr alles, was passiert ist.

„Scheiße! Das ist ja Horror pur“, sagt Michelle. „Und du bist sicher, dass der dich nicht angefasst hat?“

„Das hätte ich doch merken müssen, oder?“

„Frag doch mal die anderen. Diese Mädels.

Und Squirrel? Wo waren die überhaupt? Wieso haben die dich hängengelassen?"

„Ich konnte sie bis jetzt noch nicht erreichen."

Michelle kommt ihr plötzlich wieder viel näher vor. Wie früher. Lotte ist es peinlich, Michelle schon als liebeskranke, tratschsüchtige Tussi abgestempelt zu haben. Sie entschuldigt sich bei ihr. Michelle entschuldigt sich auch, weil sie in den letzten Wochen überhaupt keine Zeit für sie hatte. „Dabei bist und bleibst du meine allerbeste Freundin!"

Lotte verkneift sich nur mit Mühe zu fragen, wie es denn mit ihr und Jasmin stünde, und sagt nur: „Du meine auch!"

Dann muss Lotte sich erst mal wieder hinlegen. Es tut so gut, Wogen zu glätten, sich wieder sicher zu sein, wem man trauen kann und wem nicht. Aber was wird jetzt aus den anderen? Warum haben Squirrel, Lila und Rike sie im Stich gelassen?

UND NOCH EIN PAAR BIERCHEN

Kasper steht an der Bushaltestelle, allein, mit dem Rücken zu ihr. Hat Kopfhörer auf den Ohren, sieht sie nicht. Lotte ärgert sich, dass sie nicht mit dem Rad zur Schule gefahren ist. Jetzt muss sie sich zu Kasper stellen, kann ja schlecht im Graben stehen oder mitten auf der Straße. Sie tippt beim Gehen ins Handy, tut so, als sähe sie ihn nicht.

Wieso steht Kasper denn hier? Die Schule ist doch erst in 20 Minuten aus. Sie musste heute früher gehen wegen eines Zahnarzttermins. Ihr Weisheitszahn drückt gegen einen anderen. Vielleicht wird sie ja jetzt endlich weise.

Kasper dreht sich um. „Hi“, sagt er.

„Hi“, sagt sie.

Er nimmt die Kopfhörer nicht ab, sie guckt auch nur kurz hoch, tippt dann weiter.

Der Bus kommt. Sie steigen beide hinten ein. Lotte zuerst, dann Kasper. Sie geht nach hinten durch, setzt sich auf die letzte Bank. Er kommt ihr nach und setzt sich neben sie, obwohl noch alle Plätze frei sind. Sie sitzen nebeneinander. Kasper guckt aus dem Fenster, Lotte muss aufhören aufs Handy zu starren, sonst wird ihr schlecht.

„Sag mal …", sagt er und nimmt die Kopfhörer runter. „Was machst 'n noch so in den Ferien?"

„Ich? – Wieso?"

„Wir brauchen noch Leute."

„Für Flunkyball?"

„Quatsch!" Er guckt sie entgeistert an.

„Was denn für Leute?"

„Für unsere Organisation. Hab dir doch erzählt, ich bin in dieser Umweltorganisation."

„Aha." Lotte spielt mit dem Riemen ihres Rucksacks. „Und? Worum geht es denn?"

„Wir haben ein Sommercamp organisiert, in Polen. Da kommen jetzt jede Menge Kinder." Er zögert. „Wir … also wir Gruppenleiter können noch Helfer gebrauchen."

„Du bist ein Gruppenleiter?" Sie lacht. „Ich dachte Flunkyballprofi."

„Hör doch mal mit deinem blöden Flunkyball auf."

„Aber du fandst das doch cool letztens."

„Na ja? Du hast doch auch mitgespielt. War doch megalangweilig da im Garten."

„Warum bist du denn überhaupt gekommen?"

„Weil Jasmin gesagt hat, du kommst auch."

WUMM! Das war wie kaltes Wasser ins Gesicht. Damit hat sie nicht gerechnet. Ihr Mund springt auf, sie sagt nichts mehr. Sitzt da, mit knallrotem Kopf wie ein Radieschen.

„Ich wollte dich da schon fragen, ob du Lust hast, bei uns mitzumachen. Aber du bist ja so schnell abgehauen." Er nimmt keine Rücksicht auf ihre Röte, quatscht einfach weiter. „Du kommst doch mit Kindern klar, oder?"

Lotte nickt hastig. Warum soll sie denn nicht mit Kindern klarkommen? Sie findet ihre Sprache wieder. „Was sind das denn für Kinder?"

„Kinder halt. Zwischen neun und zwölf. Mit denen erforschen wir die Wildnis. Mit anderen Worten, wir drücken jedem Kind Lupe und Zeichenblock in die Hand und schicken sie in den Wald. Sie dokumentieren alles, was sie entdecken, und wir werten das gemeinsam aus. Thema Artenschutz und so."

„Artenschutz“, sagt Lotte.

„Aber wir unternehmen auch was. Floßfahrten zum Beispiel.“

„Cool. Aber wieso fragst du denn mich?“

„Weil du doch – eine bodenständige Person bist, oder?“ Er guckt ihr in die Augen. Sein Blick, seine Mimik: ohne Spott. „Nee, im Ernst“, sagt er. „Du bist doch nicht so zimperlich, oder?“

„Wie wer?“, fragt sie und guckt zurück, in seine Augen.

Der Bus fährt um die Kurve. Kasper drückt auf den Halteknopf. STOPP, plinkt es rot auf der Anzeige unter der Decke. Kasper steht auf, sagt, sie könne sich ja seinen Projekt-Blog anschauen. Er würde auch regelmäßig Infos auf Facebook posten und nennt ihr die Adressen. Dann sagt er „Ciao!“ und steigt aus.

„Ciao!“, ruft sie ihm hinterher.

Am Dienstag erst meldet sich Lila bei ihr, obwohl Lotte ihr schon drei Nachrichten hinterlassen hat. Squirrel hat sie immer noch nicht erreichen können. Sie öffnet Lilas SMS: *Komm um 17 Uhr zur Bank. Is was passiert!!!*

Lotte pocht das Herz im Magen. Was das wohl sein mag?

Als sie sich der Bank nähert, zittern ihr die Knie. Sie sieht Lila mit Hund, Rike und noch einen Typen mit Ochsenring durch die Nase und Hund. Der Typ hockt auf der Lehne und spuckt zwischen seine Füße auf den Boden. Sein Nasenring wackelt dabei. Der war Samstag auch beim Konzert.

„Hey!" Lila küsst sie auf die Wange. Sie riecht nach Weihrauch und verbranntem Holz, trägt ein rotes Hundehalsband mit Nieten, hat schwarz umrandete Augen. Alles sieht so perfekt abgefuckt aus, als hätte sie stundenlang für ihr Styling gebraucht.

„Was ist los?", fragt Lotte.

„Squirrel wäre fast draufgegangen", sagt Lila.

Lotte versteht nicht. Warum grinst Lila so dämlich?

„Echt, dieser Idiot", sagt Rike. „Die haben sich Sonntag total abgeschossen."

„Wer?"

„Pelzi, Beule und Squirrel."

„Die sind einfach so derbe durch", sagt der Typ auf der Lehne und winkt ab.

„Hä?", sagt Lotte. „Was ist denn passiert? Und überhaupt, warum habt ihr mich nach dem Konzert alleingelassen?"

„Haben wir ja gar nicht! Wir haben dich zu Lumo ins Auto gepackt, bevor du da rumrandalieren konntest."

„Ich? Rumrandaliert?"

„Ja, es war schon superspät und du warst ein bisschen aggro drauf. Da haben dich Pelzi und Lumo schnell ins Auto verfrachtet."

„Wer ist denn Lumo?"

„Pelzis Bruder", sagt Rike. „Der mit dem blöden Kind."

Blödes Kind – blödes Kind – Lotte schwirrt es im Kopf. Meint sie etwa das Kind mit der Pumpgun?

„Aber ich bin Sonntagmorgen bei Pelzi im Bett aufgewacht!"

Der Typ auf der Bank kichert. Sein Nasenring wackelt. Lotte guckt ihn böse an.

„Ja, das hat er uns schon verklickert", sagt Lila. „Er war ganz enttäuscht, dass du so früh aufgestanden bist und nicht beim Aufräumen mithelfen konntest."

Lotte bleibt die Luft weg.

„Lumo konnte dich ja schlecht in diesem Zustand nach Hause fahren."

„Und warum habt ihr mich nicht mitgenommen?"

„Zu Beule? War kein Platz mehr", sagt Lila.

„Und warum hat Squirrel mich nicht mit zu sich genommen? Der war doch mit im Auto."

„Wir waren alle im Auto, haben uns da auf der Rückbank gestapelt, während du aus dem Fenster gekotzt hast. Lumo wollte dich und Pelzi so schnell wie möglich loswerden. Ihr wart echt nicht mehr zu gebrauchen. Und dann hat er uns zu Beule gebracht."

„Nun mach dir doch keinen Kopf", sagt Rike. „Da ist garantiert nichts gelaufen."

„Woher willst du das wissen?", faucht Lotte Rike an.

„Hey, komm mal runter. Ich kenn' Pelzi schon aus 'm Kindergarten. Der tut nichts. Echt."

„Aber …" Er war nackt!, wollte Lotte gerade einwerfen, dann hält sie inne und merkt, wie ihr Gesicht knallrot wird. Sie sieht Pelzi auf sie zukommen.

„Ey Alter, Squirrel ist immer noch im Krankenhaus", ruft er schon von weitem. Er sieht total fertig aus. Die fettigen Haare hängen ihm strähnig ins Gesicht, dunkle Ringe unter den rot geäderten Augen. „Beule hat mich grad angerufen." Er nickt Lotte zu. „Na, alles klar?" Dann verkündet er seine Neuigkeiten: Squirrel habe ein fettes Loch im Kopf und sein Fleshtunnel sei aufgerissen. Wahrscheinlich sei jetzt sein ganzes Ohrläppchen im Arsch.

Wie bitte? Es dauert, bis Lotte kapiert, was mit Squirrel tatsächlich passiert ist: Sonntagabend, nach dem Aufräumen, war er im Freizeitheim plötzlich verschwunden. Pelzi und Beule waren wieder so breit, dass sie nichts mehr schnallten und dachten, Squirrel wäre schon abgehauen. Sie sind dann auch nach Hause geeiert. Erst gestern Abend haben sie erfahren, dass Squirrel sich irgendein Rad gekrallt hat und damit in eine Baugrube gedonnert ist.

„Echt, so ein Idiot!" Pelzi lacht sich schlapp, steckt Rike an. Die kann kaum sprechen.

„Cool", sagt der Spucker und spuckt aus.

„Scheiße, Mann!", ruft Lotte.

„Hey, ist ja nix passiert! Sie haben ihn Montag früh entdeckt." Pelzi grinst. „Er ist nur irgendwo auf was Hartes geknallt. Nun hat er halt eine Narbe mehr und eine Gehirnerschütterung. Sein Ohr sieht bestimmt krass aus."

„Ey, bist du blöd? Squirrel könnte tot sein!", sagt Lotte.

„Viel zu erschüttern gab's da ja eh nicht", sagt der Typ auf der Bank und spuckt wieder aus.

„Lass ma wohin gehen. Schnorr'n wir uns vorher noch was für 'n paar Bier?"

„Kommste mit?", fragt Pelzi Lotte.

Sie schüttelt den Kopf.

„Übrigens – sorry."

„Wieso?"

„Weil ich versucht hab dich auszuziehen."

„Nee, echt, Pelzi, du alte Sau!", grölt der Spucker und knallt ihm seine Pranke auf die Schulter. „Das hätten wir ja nun nicht von dir gedacht."

„Hat ja auch nicht geklappt", sagt Pelzi. „War ja nur die Jeans. Und ich wollte dich auch nur ins Bett bringen. Alter, war ich breit!"

Lotte kann nichts sagen. Sie hat einen Kloß im Hals. Rike sieht Lotte an. „Kommste nun mit?"

Sie gehen los. Lotte bleibt zurück, steigt auf ihr Fahrrad.

Das kann es doch nicht sein. Sie will sicher nichts trinken gehen, nicht nach alldem! Überhaupt, so kann es nicht weitergehen! Und Squirrel? Der säuft wahrscheinlich immer so viel, weil er gar nicht mehr anders kann. Oder weil er nüchtern nichts mehr hinkriegen würde.

Andererseits bekommt er so auch nichts auf die Reihe. Keine richtige Homepage. Keine richtige Band. Plötzlich tut er ihr fast leid, obwohl sie eben noch so sauer auf ihn war, weil er sie einfach hat hängenlassen am Samstag.

Zu Hause setzt sich Lotte an den Computer und googelt alles über diese Jugendorganisation von Kasper. Sie liest die Voraussetzungen, die ein Helfer dort mitbringen sollte: zuverlässig und einsatzbereit, um ehrenamtlich Kinder zu betreuen. Und nicht so zimperlich sein, denkt Lotte und grinst. So hatte Kasper es doch genannt. Sie vermutet mal, das war ein Kompliment!

Dann klickt sie weiter. Es gibt sogar Partnerorganisationen in Schweden, Frankreich und Kanada.

Kanada! Ihr stockt der Atem.

Kasper ist online. Sie schreibt ihm, dass sie das Projekt gut findet.

„Okay" schreibt er zurück. „Bist du dabei?"

„Ja!", antwortet sie, steht auf, öffnet das Fenster und holt tief Luft.